LORENA LENN

LORENA LENN

CONDAMNATĂ LA IUBIRE

Timișoara, 2018

Descrierea CIP a Bibliotecii Naţionale a României
LENN, LORENA
    Condamnată la iubire / Lorena Lenn.
    Timişoara : Stylished, 2018
    ISBN 978-606-94577-9-5

821.135.1

Editura STYLISHED
Timişoara, Judeţul Timiş
Calea Martirilor 1989, nr. 51/27
Tel.: (+40)727.07.49.48
www.stylishedbooks.ro

CONDAMNATĂ LA IUBIRE

LORENA LENN

Pentru cei care iubesc cu adevărat...

Capitolul 1

Răpirea

Avocata Cassandra Daniels se afla în maşi-
nă, în drum spre tribunal, şi conducea cu viteză.
Ştia că trebuie să ajungă în sala de judecată cât
mai repede. Era o zi foarte importantă pentru
ea; în sfârşit, după ani de muncă asiduă, urma
să pună sub acuzare gruparea teroristă numită
„Salvarea roşie", condusă de cel căruia i se spu-
nea Liderul, un bărbat cu identitate necunoscu-
tă.

În sală avea să fie un membru al grupării
respective, care trebuia să răspundă întrebă-
rilor ei, iar ea avea să câştige procesul. Nici nu
putea fi altfel, câtă vreme ştia că avusese şansa
să câştige majoritatea proceselor.

La toate aceste lucruri şi la multe altele se
gândea Cassandra în timp ce conducea, ţinând
strâns volanul în mâini. Era conştientă de emo-
ţiile care o încercau, dar trebuia să le depăşeas-
că şi să demonstreze din nou cât de puternică
poate fi. Ştia că cei care o cunoşteau îi puneau
succesul pe seama puternicului ei tată, senato-
rul Charles Daniels, om de afaceri influent, dar,
de-a lungul anilor, învăţase să ignore opiniile
răutăcioase.

În sala de judecată, acuzatul nu fusese adus încă, iar avocatul apărării, Malcom Fallon, era convins că verdictul judecătorului Mark Lancaster avea să fie în favoarea lui. Frumoasa blondă de la Drept, cum fusese poreclită Cassandra, nu-l va învinge încă o dată. În urmă cu o lună, când el fusese atât de aproape de victorie, ea venise în faţa judecătorului de atunci cu un as în mânecă, un martor cheie al cazului, şi câştigase procesul, spre indignarea lui. Era hotărât să-şi ia revanşa în faţa ei, în faţa *bijuteriei*, aşa cum îi spunea tatăl ei, lucru cunoscut până şi de presă, iar de data asta nimic nu avea să-i stea în cale.

Senatorul Charles Daniels se afla şi el în sală, dornic să-şi susţină fiica, o adevărată luptătoare atunci când urmărea să-şi atingă scopurile. Despre cazul actual ştia doar că o frământase îndelung.

Toţi cei din sală îşi îndreptară privirile spre uşa care se deschise. Grefierul anunţă cu o voce tensionată că acuzatul tocmai evadase din custodia poliţiei în drum spre tribunal. Vestea îi amuţi pe toţi, mai ales că se bănuia că fusese mâna Liderului la mijloc.

Charles îşi scoase telefonul şi o sună pe fiica sa, pentru a-i da vestea năucitoare.

— Tată, mă bucur că te aud, scuze că sunt în întârziere, dar traficul e infernal. Urăsc oraşul ăsta uneori... În zece minute ajung acolo, rosti Cassandra, apăsându-şi casca în ureche, pentru a-l auzi mai bine pe tatăl ei.

În timp ce vorbea cu el, observă în oglindă maşina neagră care o urmărea de un timp. O neliniştea foarte mult. Tocmai de aceea încercase o rută ocolitoare către tribunal, fără succes însă, şi nimerise în plin trafic, lucru care o deranja, fiindcă n-ar fi vrut să întârzie chiar astăzi.

— Nu mai e nevoie să te grăbeşti, Cassie. Acuzatul a evadat, iar procesul s-a suspendat. Ne vedem când ajungi aici. Mai povestim şi noi, oricum n-am mai avut ocazia să schimbăm o vorbă de multă vreme.

Cassandra simţi vocea uşor tensionată a tatălui ei şi încerca să-l liniştească. În fond, doar pe el îl mai avea. Se ocupase de ea singur de la moartea mamei sale, de când avea ea doisprezece ani, iar pentru atenţia şi grija lui îi era recunoscătoare. Îşi amintea vag de mama ei, o brunetă frumoasă şi iubitoare, pe care o pierdură amândoi, rămânând cu un gol imens în suflet. I se strânse inima chiar şi în acel moment, la amintirea clipelor acelora dificile, şi închise

13

ochii pentru a opri lacrima care voia cu încă-
păţânare să curgă. Îşi concentră atenţia asupra
conversaţiei cu tatăl ei.

— Cum s-a putut întâmpla aşa ceva?! excla-
mă ea, indignată de-a dreptul.

Îşi simţea inima bătând cu putere în timp
ce asculta explicaţiile tatălui ei. Nu-i venea să
creadă că, din nou, Liderul îi dejucase planurile.

— Poliţia spune că, probabil, a fost ajutat
să evadeze, o informă Charles.

— Nu pot să cred, parcă ar fi un film prost,
spuse Cassandra, nervoasă. Trebuie să recu-
noaştem că gruparea asta a făcut şi lucruri
bune, de exemplu, i-a dat jos din funcţie pe oa-
menii care nu şi le meritau... adăugă, cu un fel
de admiraţie.

Nici ei nu-i venea să creadă câte sentimen-
te contradictorii o încercau în legătură cu acti-
vitatea acelor ticăloşi despre care se ştia că se
ocupau, printre altele, şi cu traficul de droguri.

— Păi, atunci cum de îi acuzi la proces?

— Fiindcă metodele folosite de ei nu sunt
legale. Şi nici alte activităţi ale alor...

— Bine, draga mea, aştept să ne vedem. Să
conduci cu grijă!

— Îţi promit, tată, ne vedem imediat, zise

Cassandra nerăbdătoare, observând cu îngrijorare că maşina care o urmărise era tot mai aproape, iar ea ajunsese într-o zonă destul de retrasă, aproape necirculată. Pe deasupra, rezervorul de benzină era aproape gol. Astăzi parcă toate îi ieşeau pe dos, îşi zise cu tristeţe.

Opri maşina şi merse să scoată din portbagaj rezerva de combustibil pe care o avea de obicei. Nu prea îi plăcea să facă asta, dar nu avea de ales. Zâmbi, gândindu-se pentru o clipă la tatăl şi la colegii ei, care în mod sigur s-ar fi amuzat pe seama ei. Spre bucuria ei, ştia să fie şi practică în unele chestiuni, deşi asta presupunea un program mai lung de spălare a hainelor de pe ea — un costum elegant format din fustă, top şi sacou de culoare neagră.

Deschise portbagajul, resimţind oboseala pe care o acumulase conducând mai multă vreme fără oprire, şi auzi un zgomot de maşină în apropiere. Se întoarse brusc, presimţind un pericol. Bănuielile i se confirmară când zări un bărbat în negru, cu faţa acoperită de o cagulă roşie, care ţinea o armă îndreptată spre ea.

Cassandra împietri de frică. Nu reuşi să se adune, fiindcă bărbatul vorbi, scurt şi tăios:

— Nu te mişca, nu ţipa, nu are rost, nu te

aude nimeni aici. Vino cu mine de bunăvoie sau am să folosesc ăsta, mișcă el ostentativ pistolul spre ea, în timp ce, din câțiva pași, ajunse lângă ea.

— Dacă vrei bani, am destui în portofelul din mașină, dar te rog, lasă-mă să plec, vorbi ea cu vocea frântă, încercând să găsească o soluție.

— Nu vreau banii tăi, vreau să vii cu mine. Acum, zise el, luând-o de braț și ducând-o spre mașina lui.

— Nu, lasă-mă să plec, dă-mi drumul! strigă ea amenințător, dar curajul îi pieri când pistolul i se înfipse în abdomen.

— Vii cu mine fără alte discuții. Aici nu suntem la tribunal, să dai ordine, așa că lasă tonul ăsta, că nu are niciun efect, îi șopti bărbatul la ureche.

Cassandra încercă zadarnic să-l lovească. El o urcă pe bancheta din spate a mașinii lui. Totul se întunecă apoi în mintea ei, fiindcă el îi acoperise gura cu o batistă cu cloroform și o adormi.

— Șefu', am adus-o, anunță Jeff, rânjind încântat când ajunse la depozitul unde urma s-o țină pe avocata aia afurisită.

— Ce mai aștepți, adu-o aici! ordonă Liderul cu voce răsunătoare.

Jeff merse după ea, iar când Cassandra intră acolo, văzu o femeie şi încă doi bărbaţi cu feţele acoperite. O durea braţul sub strânsoarea acelui individ, pentru care încerca deja un sentiment de ură puternică.

— Hm, bine ai venit printre noi, Cassandra. Ştiu că nu e o primire demnă de aşteptările tale, dar asta e, în viaţă trebuie să te mulţumeşti cu ce primeşti, vorbi pe un ton ironic bărbatul cu părul şaten şi cu ochi pătrunzători, în timp ce se apropia de ea. O măsură din priviri, creându-i un sentiment de intimidare. Arthur, păzeşti intrarea, iar tu, Terry, mergi cu el, adăugă, iar cei doi îl ascultară de parcă ar fi fost stăpânul lumii.

— Aţi face bine să-mi daţi drumul. Ştiţi cine sunt? întrebă ea, indignată.

— Tocmai de asta te afli aici, fiindcă eşti cine eşti, răspunse bărbatul pe un ton aspru, înfuriind-o cu privirea lui scrutătoare.

— Lasă-mă să plec! Ce vrei de la mine? întrebă Cassandra nervoasă, simţind că i-ar strânge de gât pe toţi cei de acolo.

— Pe tine. Îmi eşti de folos în planurile mele, îi răspunse el pe un ton arogant.

Ar fi putut jura că zâmbeşte pe sub cagulă.

— Ia-i bijuteriile şi pune-le în seif, dar ai

grijă să nu dispară vreuna din ele, îi ordonă bărbatul lui Jeff, apoi reveni cu privirea asupra ei. N-are rost să protestezi, oricum îmi voi atinge scopul, o anunță, apropiindu-se la câțiva centimetri de ea.

Cassandra îl privi sfidătoare. Îi venea să-l pălmuiască, dar știa că palmele ei n-ar fi avut efect asupra lui.

— Ești o ființă josnică! Cum poți să faci așa ceva? Nu ți-am făcut nimic, ce motiv ai să mă reții aici împotriva voinței mele? îl întrebă, încercând să nu pară prea speriată, dar se dădu un pas în spate.

Bărbatul emana atâta putere, putere care i se putea citea în ochi și în corpul plin de mușchi, iar ea nu voia să-i stea în cale...

— Tu, nu, dar cineva apropiat ție, da. Vei plăti pentru greșelile tatălui tău. Vino cu mine, îi ceru el pe un ton ferm, luând-o de braț.

— De ce aș face asta, dacă oricum vrei să mă ucizi? Hai să terminăm cu toate astea. Omoară-mă, îi zise Cassandra pe un ton înțepat, deși în sinea ei era îngrozită.

— Mișcă-te odată. Nu mă face să-mi pierd răbdarea! țipă el, iar din ochi îi ieșeau scântei.

Cassandra strânse din dinți și îl urmă. O

târî în faţa unei uşi, pe care o deschise şi apoi o împinse înăuntru. O legă de pat, spre neliniştea ei.

— Chiar sunt necesare toate astea? îl întrebă, cu tristeţe, evitând să-l privească.

Nu voia să-i citească teama din ochi.

— Da, sunt necesare, până vei deveni cooperantă, îi răspunse el luându-i bărbia între degete şi forţând-o să-l privească.

— Dacă mi-ai spune odată de ce mă aflu aici, totul s-ar rezolva mult mai repede şi amândoi ne-am vedea liniştiţi de vieţile noastre. Ai zis că ştii cine sunt. Înseamnă că ştii şi că tatăl meu este un om bogat, care poate să-ţi plătească orice sumă pentru eliberarea mea, aşa că spune cât vrei şi lasă-mă să plec. Îţi promit că nu voi spune nimic din toate astea şi nici nu voi divulga poliţiei numele pe care le-am auzit rostite, vorbi Cassandra zâmbind ironic, în dorinţa de a-l intimida, însă zâmbetul îi dispăru când el îşi apropie faţa de a ei.

— Prinţeso, tatăl tău nu este destul de bogat pentru a-şi plăti datoria pe care o are faţă de mine, aşa că renunţă la tertipurile astea, că la mine nu ţin, îi spuse el cu buzele lipite de lobul urechii ei, lucru care o înfiora.

— Atunci? Ce se întâmplă, ce urmăreşti? Lămureşte-mă odată şi eliberează-mă! îi ceru ea, încercând să se îndepărteze, dar el o cuprinse de mijloc şi îi spuse pe acelaşi ton şoptit, stând la câţiva centimetri de buzele ei:

— Vei afla la momentul potrivit. Permite-mi, în primul rând, să mă prezint, căci încă nu am reuşit să facem cunoştinţă. Eu sunt Liderul, o lămuri întinzându-i mâna ironic, căci era evidentă reacţia ei.

— Dumnezeule, nu se poate! exclamă Cassandra ducându-şi mâna liberă la gură.

Înţelese în ce pericol se află. Pur şi simplu nu-şi mai putea controla reacţiile, oricât şi-ar fi dorit, fiindcă trupul nu o mai asculta şi tremura de furie, dar şi de neputinţă.

— Ba da, se poate, râse bărbatul, amuzat de reacţia ei. Se pare că îl ai în faţă pe cel pe care ţi-ai dorit de atâta vreme să-l prinzi, să-l acuzi, să-l judeci... Ei, bine, dorinţa tocmai ţi-a fost îndeplinită. Şi-acum ce-ai de gând să faci? o întrebă el, lipind-o de corpul său puternic.

— Dă-mi drumul, nu mă atinge, ticălos ce eşti! Vei regreta tot restul vieţii că m-ai răpit, ţi-o jur.

Cassandra îi trase o palmă. El fu puţin sur-

prins, dar îi luă repede mâna într-a lui.

— Iar eu îți spun că, dacă îmi mai faci asta o dată, tu vei regreta. Nu ești în măsură să dai ordine aici, iar dacă mai simt palma asta lovindu-mă, voi face cu tine lucrul ăla la care te gândești de când ai intrat aici, fie că vrei, fie că nu, o amenință, apropiindu-se din nou de buzele ei.

Cassandra îl privi uimită, apoi coborî rapid ochii. Nu fusese o idee bună. Bărbatul purta doar o vestă de piele neagră, care îi acoperea bustul, dar nu și abdomenul bine lucrat. De asemenea, purta pantaloni din același material cu al vestei, care se mulau foarte bine pe corpul său masiv. Simțind că se înroșește, Cassandra închise ochii, apoi își îndreptă privirea spre ușă, numai ca să nu-l vadă. Bărbatul îi îngreună însă misiunea, fiind atât de aproape de ea. Îl ura. Îl ura atât de mult, încât abia respira. Se gândea la tatăl ei, la cât de îngrijorat trebuie să fie, dar și la clipa în care va pleca din acest loc oribil.

— Cât ai de gând să mă ții aici? îl întrebă, evitând în continuare să-l privească în ochi.

— Cât va fi nevoie, îi răspunse bărbatul.

— Nu vorbești serios, îi zise, săgetându-l cu privirea.

— Chiar crezi ce spui? Ești în mâinile mele

şi mă sfidezi în continuare? Cu atitudinea asta, n-ai să pleci mai repede, o asigură el, strângând-o în braţe.

— Şi cam ce atitudine ar trebui să am, având în vedere situaţia mea? îl întrebă ea, încercând să respire normal, însă bărbatul o ţinea mult prea strâns şi o privea devorator.

— Cooperantă. Nu mai încerca să te opui, nu vei avea succes, îi ceru el, mângâindu-i obrazul, iar ea se trase înapoi, speriată. Ce-i, prinţeso, nu sunt pe gustul tău? se amuză el de reacţia ei.

— N-ai putea fi niciodată, îi zise Cassandra, iritată de insinuările lui şi simţindu-şi inima bătând cu putere.

— Niciodată să nu spui niciodată, prinţeso, râse el.

Cassandra îl privea indignată. Era atât de arogant, de parcă ar fi fost unic pe faţa pământului. Spera că nici măcar atunci nu l-ar fi găsit atrăgător. Nu putea înţelege cum putea să aibă o părere atât de bună despre sine însuşi de parcă ar fi fost obişnuit să i se dea dreptate de fiecare dată. Pe deasupra, tocmai acum, ea trebuia să meargă la toaletă. Îşi ura reacţiile trupului, care păreau să contrazică partea raţională din ea.

— Ă... domnule răpitor....

— O, de la ticălos, am evoluat la „domnule".
Interesant. Ce este? o întrebă, râzând.

— Trebuie să merg la toaletă, fie că vrei, fie
că nu, îi răspunse, ruşinată că trebuia să-i spună
chiar lui acest lucru atât de personal.

Pe de altă parte, nu reuşi să se abţină să nu
fie măcar puţin sfidătoare. Bărbatul miji ochii
spre ea. În timp ce o dezlega, îi spuse pe un ton
poruncitor:

— Dacă te gândeşti să evadezi aşa cum ai
văzut în filme, îţi spun încă de pe acum că n-ai
nicio şansă. Toaleta nu are geam şi, dacă stai
mai mult de cinci minute, intru peste tine. Cine
ştie, poate am şi eu anumite nevoi, zise el, iar ea
era sigură că nu se referea la cele care o chinu-
iau pe ea în acele momente.

Intră repede în toaletă, sperând să se în-
tâmple un miracol, iar bărbatul acela să dispară
cu totul cât mai repede din viaţa ei. Îşi zise că
e mai bine să nu-l provoace. Fusese plăcut sur-
prinsă să vadă că mica baie avea lucrurile ne-
cesare şi esenţiale. Măcar atât, un minimum de
confort în mijlocul acelui loc oribil.

— Dacă ai nevoie de ajutor, nu ezita să mă
strigi, îi zise bărbatul râzând, iar ei îi venea să-l

lovească, să-l oblige să termine cu insinuările.

Când ieşi din baie, o luă de talie, ignorându-i protestele, şi o duse până aproape de pat.

— Noapte bună, prinţeso.

— Când ai de gând să-mi spui care e scopul tău şi să-ţi dai jos bucata aia de material care îţi acoperă faţa, dacă tot eşti atât de curajos şi de stăpân pe tine?

— Nu mai răbdare, aşa e? Ce altceva mai vrei să-mi dau jos? o întrebă, apropiindu-se într-un mod atât de provocator, încât ea abia mai putu să respire.

— Nu prezinţi interes pentru mine, cel puţin nu în sensul în care te gândeşti, îi răspunse ea, bucuroasă că desluşeşte o urmă de uimire în ochii lui.

Rămase şi mai uimită când el îşi dădu bandana la o parte, scoţând la iveală un chip la fel de interesant ca privirea lui. Îl studie curioasă câteva clipe, apoi întoarse capul, fiindcă nu voia să pară că-l analizează, că-l priveşte interesată. În mod sigur nu putea nega atracţia care răzbătea prin toţii porii acestui bărbat, dar nici nu putea să lase să se vadă că o impresionase. Nu voia să-i dea satisfacţia asta, mai ales că ştia că e doar un bărbat atrăgător, dar atât, în rest era

rău şi făcea lucruri ilegale. Cassandra se gândea la toate astea în timp ce încerca să-l ignore.

— Îţi place? o întrebă Liderul, apropiindu-se tot mai mult de ea.

— Când ai să-mi răspunzi la prima întrebare? Asta mă interesează cu adevărat, îi spuse, privindu-l în ochi.

Cassandrei i se făcu sete. Cercetă începerea cu ochii şi, când văzu ceea ce căuta, îşi turnă apă într-un pahar.

— Când o să am chef, îi răspunse el, analizându-i toate mişcările, lucru care o enerva şi o intimida.

Ura faptul că un infractor ca el îi putea face asta. Nu se mai simţise atât de expusă din liceu, iar de atunci trecuseră câţiva ani, ani în care detestase să fie privită cu subînţeles...

Bău apa şi se hotărî să-i demonstreze că îi va rezista. Din toate punctele de vedere. Nu-i va permite s-o terorizeze şi s-o învingă. Gândind astfel, se întoarse spre el şi îi întrebă sarcastică:

— Ce e? Ai de gând să mă legi din nou?

— Ai merita, îi răspunse bărbatul, privind-o insinuant şi încleştându-şi maxilarul, apoi ieşi rapid din cameră.

Cassandra aproape că zâmbi, deşi auzi că

încuie uşa. Se întinse pe pat şi se gândi cu tristeţe la tot ceea ce i se întâmplase în ziua aceea. Spera să scape cât mai repede de acolo şi să uite că există asemenea oameni.

— Araon, Terry, puteţi să vă retrageţi. Mă ocup eu de aici, vorbi Liderul, în timp ce deschise uşa unui dulap.

— Eşti sigur? îl întrebă Terry, oftând şi venind spre el. Îmi pare rău că e ultima misiune, dar asta e, dacă aşa îţi doreşti... zise ea, mângâindu-i obrazul.

— Ştii că aşa trebuie, îi răspunse, luându-i uşor mâna de pe obrazul lui. Observă privirea pierdută a lui Araon, care stătea la câţiva metri de ei. Va trebui să iasă totul bine, fiindcă am aşteptat de prea mult timp asta. După aceea, vom fi cu toţii liberi.

— Dacă tu vrei aşa... Noapte bună frumosule, îi zise Terry făcându-i cu ochiul, privindu-l cu drag, după care se întoarse spre Arthur.

— Da. Mergeţi acum, sunteţi obosiţi, noapte bună, le mai spuse el zâmbind, iar femeia din faţa lui îi zâmbi înapoi.

Ştia ce se ascunde în spatele zâmbetului ei, dar fusese întotdeauna precaut, ca să nu-i dea speranţe. În schimb, avea grijă de ea, ca de cei-

lalţi membri din grup, răsplătind şi pedepsind, după cum era cazul.

— Ce cauţi? îl întrebă Araon, curios.

— Nimic interesant, îi răspunse Liderul, luând un pahar în care îşi turnă apă.

Îl ardea o sete puternică, pe care o putea potoli într-un singur mod, la care lucra deja... urmărindu-i cu privirea pe cei doi membri din grup, văzu că se retrag în camerele lor. Abia atunci scoase ceva din dulap şi se îndreptă spre camera de tortură, căci asta era pentru el camera în care se afla Cassandra. Deşi el tortura de obicei, în momentul acela, el era cel torturat...

Cassandra auzi uşa care se deschidea şi tresări. Abia aţipise. Aştepta nerăbdătoare să ajungă acasă, să doarmă pe săturate şi să se bucure de viaţa ei, aşa cum o făcuse până atunci.

— Cine-i? întrebă ea, încruntându-se.

Nu se auzi nimic, decât un zgomot, după care uşa se închise din nou.

Cassandra se ridică din pat şi merse să vadă ce îi fusese lăsat pe măsuţă. Prima reacţie a ei fusese de bucurie, fiindcă văzu mâncare. Spera să nu fie otrăvită, doar de la el se putea aştepta la orice, însă se gândea că, totuşi, dintr-un anumit motiv, el avea nevoie de ea vie şi

nu ar câştiga nimic ucigând-o. Numai fiindcă îi era foarte foame, începu să mănânce încet, iar apoi merse din nou în pat, sperând să adoarmă cât mai repede.

Capitolul 2

În captivitate

În ziua următoare, pe Cassandra o cuprinseră tristeţea şi deznădejdea. Abia reuşise să doarmă noaptea trecută, pierdută printre gânduri care mai de care mai deprimante şi ciudate. Şi totul din cauza lui, a Liderului, a bărbatului faţă de care simţea o ură teribilă. Se considerase o persoană calmă şi incapabilă de un asemenea sentiment, sentiment care deja o consuma.

Cassandra era în pat, cu mâinile strânse în jurul genunchilor, pentru a-şi opri impulsul de a lovi în uşă cu putere, pentru a i se da drumul de acolo. Stătea şi se uita în jur, neştiind cu ce să-şi umple timpul, nici cât timp va rămâne acolo. De fapt, nu ştia nimic despre situaţia ei. Imaginea cu Liderul ţinând-o atât de aproape de el, ca şi când ar fi fost vreuna din femeile cu care îşi petrecea timpul, îi revenea tot mai des în minte, spre disperarea ei.

Era o persoană echilibrată şi nu-i plăcuseră niciodată „băieţii răi". Se ţinuse mereu la distanţă de ei, fiind mai degrabă o persoană retrasă, care muncea prea mult. Era de acord cu asta, la urma urmei, prin muncă şi sacrificii ajunsese unde era în prezent şi opinia celorlalţi nu o mai afecta.

În liceu, suferise din cauza vorbelor unor colegi care o etichetaseră drept tocilară şi se bucura că, între timp, găsise puterea să treacă peste toate, devenind astfel mai puternică şi mai indiferentă. Cât despre bărbaţi, ei bine, asta era o altă poveste. Avusese vreo două relaţii care-i lăsaseră un gust amar. Nu-i lăsase pe Drew şi pe Chad să se apropie prea mult de ea, iar când i se păruse că lucrurile aveau să se complice din diverse motive, îi părăsise, gândindu-se că e mai bine aşa.

Îşi aminti şi vorbele prietenei ei Joy, care îi spusese că nu întâlnise încă bărbatul potrivit, dar, şi când îl va întâlni, se vor schimba multe în viaţa ei... sigur că avea momente în care visa la bărbatul potrivit, la iubire, însă, dezamăgită de cei pe care îi întâlnise, încerca să se protejeze de suferinţă, ţinându-i pe toţi bărbaţii la distanţă.

Uşa care se deschise îi întrerupse şirul gândurilor. În cameră îşi făcu apariţia Liderul. Casandra îşi strânse mai bine pătura în jurul ei, simţind cum inima îi bate mai repede.

— A dormit bine prinţesa? întrebă Liderul, ironic, venind spre ea atât de sigur pe el, atât de masculin, atât de puternic.

Se aşeză, fixând-o cu aceeaşi privire arogantă şi cercetătoare, şi puse o pungă pe pat.

— Aş putea dormi foarte bine doar acasă, în patul meu, răspunse ea băţoasă, abţinându-se, în schimb, cu mare greutate, să se dea mai în spate. Spera ca în punga aceea să nu fie droguri sau cine ştie ce alte substanţe care ar putea să-i ia luciditatea. Nu voia să pară speriată, aşa cum era, de fapt. Ă... sunt în hainele astea de ieri, ai de gând să mă ţii doar aşa cât timp mă ţii aici prizonieră?

El râse pe neaşteptate, iar în obraji îi apărură două gropiţe. Cassandra îl privi uşor hipnotizată câteva secunde, mustrându-se în gând pentru asta.

— Aici ai nişte haine. Poţi să le foloseşti sau poţi să stai şi fără ele. O bijuterie ca tine ar fi interesant de admirat, îi spuse el, punându-i o mână pe picior, iar ea simţi căldura atingerii lui prin pătura subţire, până când îşi retrase repede piciorul.

— Nu mă atinge şi nu-mi mai spune bijuterie, aşa îmi spune doar... sunt atât de sătulă de insinuările şi de ironiile tale! se indignă Cassandra, iar palma ei îl lovi peste obraz.

— Cine îți spune așa, dragul tău tată? o întrebă Liderul, mângâindu-și obrazul, în timp ce zâmbea. Ai o părere prea bună despre el și îți voi dovedi asta. Cât despre insinuările mele, n-ai decât să le suporți, eu sunt șeful aici, iar tu trebuie să mi te supui. Te-am avertizat să nu-ți mai simt palma lovindu-mă și nu ai ascultat. Acum vei vedea ce înseamnă asta, adăugă el, apropiindu-se de Cassandra și luând-o în brațe înainte ca ea să poată reacționa. O sărută flămând, gustându-i buzele, văzându-i, dar ignorându-i, teama din priviri.

Cassandra îl împinse, punându-și mâinile pe pieptul lui, încercând să-l oprească, dar nu reuși, fiindcă era prea puternic pentru ea. În schimb, nu-i răspunse la sărut, ținându-și buzele strânse, însă în clipa în care el își trecu vârful limbii de-a lungul buzei ei inferioare, ceva în ea reacționă și gura i se întredeschise fără să vrea. Liderul o săruta atât de bine, explorându-i buzele într-un fel atât de dulce, ținând-o strâns lipită de el.

— Nu! Dă-mi drumul! Strigă ea, vrând să-l lovească în abdomen, însă el îi prevăzu intenția și îi prinse pumnul mic în palmă.

Cassandra îl privi cu ură, dar şi cu teamă, ştergându-şi buzele cu palma, dezgustată de el, dar şi de ea însăşi. Nu-i venea să creadă că, pentru câteva secunde, îi permisese s-o sărute.

El se dezlipi cu greu de ea, având o privire ciudată, încărcată de dorinţă.

— Dacă voiam doar să te am, te-aş fi avut deja, prinţeso, murmură el la doar câţiva centimetri de buzele ei, izbind-o cu intensitatea privirii lui.

— Te urăsc! Vă urăsc pe toţi şi sper să primiţi pedeapsa maximă pentru tot ce faceţi! Sunt sigură că-ţi foloseşti forţa în scopuri josnice, ticălosule! îi strigă ea, dându-se mai în spate, până în capătul patului, şi trăgându-şi mai bine pătura pe ea, ca să se ascundă de privirea lui.

Se mustra în gând că ieri alesese o fustă în locul pantalonilor. Dacă ar fi purtat pantaloni, s-ar fi simţit mai puţin expusă privirii lui intense, hipnotizante şi dornice.

— Uită-te la mine, Cassandra. Chiar crezi că am nevoie să folosesc forţa dacă vreau o femeie? o întrebă el, zâmbind şi privind-o amuzat.

Cassandra îl privi surprinsă de întrebarea lui, dar şi de felul în care îi rosti numele. Era pentru prima oară când îi spunea aşa. Bătăile

inimii i se înteţiseră, fiindcă avea dreptate: ochii lui căprui, buzele pline, trupul musculos, toate astea alcătuiau un întreg atrăgător, care invita la plăcere... Întoarse capul, privindu-şi genunchii, conştientă că el o studiază.

— Spune-o. Spune că am dreptate, şi dacă mă vrei, nu trebuie decât să spui, prinţeso. Sunt aici, chiar în faţa ta, şi poţi să-ţi satisfaci curiozitatea, dar dacă mă mai loveşti fie şi o singură dată, îmi voi satisface eu curiozitatea, fii sigură de asta, o avertiză el, zâmbind arogant.

Ea clipi des, oftând furioasă din cauza vorbelor lui. I-ar fi şters zâmbetul de pe faţă cu mare bucurie, dar preferă să se abţină. Nu avea decât să-l ignore până venea clipa în care pleca acasă, departe de toate astea, departe de el, cel mai periculos, arogant şi ticălos bărbat pe care îl întâlnise vreodată.

— Nici dacă ai fi ultimul bărbat de pe faţa pământului nu te-aş vrea, îi zise, vrând să-l facă să sufere măcar puţin, dar, spre surprinderea ei, el râse din nou.

Se simţea atât de rău, mai ales psihic. Parcă ceea ce spusese ea era amuzant. Cum putea să râdă de ea în halul ăla? Strânse pătura în pumni, abţinându-se de la o altă reacţie violentă.

Nu voia s-o atingă din nou, nu voia să-l simtă aproape, nu voia s-o facă să-i cedeze. Nu lui, nu tocmai lui.

— Am să plec deocamdată, am pierdut destul timp pe aici, dar mă voi întoarce, îi promise, zâmbind.

— Şi eu ce-ar trebui să fac în vremea asta? îl întrebă, privindu-l furioasă.

— Să te gândeşti la mine, prinţeso, îi ceru el râzând, după care plecă şi încuie uşa.

Cassandrei îi venea să urle de furie. Nu ţinea minte să fi avut prea multe momente de genul ăsta în viaţă. Nici nu mai ştia cât timp trecuse de când era singură acolo. La un moment dat, intră la ea bărbatul care o răpise.

— M-a trimis şefu' să-ţi aduc asta, îi zise Jeff, lăsându-i o tavă cu mâncare pe masă. Ordinul lui e să mănânci, iar dacă nu, să fac ce cred eu de cuviinţă.

— Sper să ajung acasă cât mai repede şi să nu vă mai văd niciodată! Spune-i şefului tău că el nu-mi dă mie ordine, vorbi Cassandra, rămânând nemişcată în pat.

— Poate ţie nu, dar mie da, aşa că... tu chiar nu ai idee cu cine te pui, nu-i aşa? Până atunci mai e ceva timp, aşa că ai putea să profiţi de dis-

tracţiile pe care ţi le oferă locul ăsta, îi zise Jeff, având o sclipire ciudată în ochi, în timp ce se apropia insinuant de ea.

— În niciun caz locul ăsta nu e distractiv, nu pentru mine. Ascultă-mă. Dacă m-ai ajuta să plec de aici, te-aş ajuta, aş putea să intervin pentru tine să primeşti o pedeapsă mai mică. Cred că ţi-ar plăcea, nu-i aşa? îl întrebă Cassandra, încercând să adopte o atitudine mai blândă cu el. Spera să-l păcălească şi să plece odată de acolo.

— Nu. Mi-ar plăcea mai mult să fac asta, îi răspunse Jeff venind spre ea, luând-o în braţe şi sărutând-o, deşi ea îl împinse.

Cassandra îi simţi forţa şi încercă să se lupte cu Jeff, dar el era prea puternic pentru ea. La un moment dat, ea simţi cum el îi rupe nasturii de la sacou şi încearcă s-o mângâie pe trupul ei, care îl respingea. Nu suporta să-i simtă mâinile pe ea. O cuprinse teama, mai ales că el reuşi să dea la o parte şi pătura de pe ea şi o întinse pe pat. Cassandra încercă să se rostogolească din pat, dar el o prinse cu o mână pe care o puse în jurul abdomenului ei. Simţea că avea să moară dacă el reuşea să facă ce-şi propunea, dar o voce feminină şi poruncitoare îl făcu să se oprească:

— Jeff! Ce faci? Ți-ai pierdut mințile? Las-o în pace, șefu' te va certa rău dacă faci asta, zise Terry luându-l de pe ea. Știi că nu-i place să faci altceva decât ceea ce spune el, nu mai fi prost.

— Terry! Ce cauți aici? îi zise Jeff surprins, ridicându-se de pe pat. Îți spun sigur că ea m-a provocat, e o ticăloasă, adăugă, nervos.

— Da, sigur, te și cred. Parcă nu știu cu cine am de-a face. În plus, țipetele ei se auzeau de afară, iar păpușa asta de porțelan nu e capabilă să provoace pe nimeni. Ai noroc că Liderul e plecat, altfel nu știu ce pățeai. Ieși de aici sau te scot eu afară. Acum! îi ceru Terry, privindu-l furioasă.

Jeff nu se arătă deloc încântat de întrerupere, dar nu avu de ales. Plecă încruntat din cameră, știind că Terry are dreptate.

— Terry... mulțumesc, îi zise Cassandra, aranjându-și sacoul mai bine și privind cu groază nasturii împrăștiați pe pat.

Tremura din tot corpul din cauza sperieturii.

— N-ai pentru ce. Jeff știe foarte bine că nu are voie să facă lucruri de genul ăsta, îi spuse cu un glas tăios femeia care o privi pe Cassandra cu o urmă de compasiune.

Se îndreptă apoi spre uşă, vrând să plece.

— Ca femeie, nu ţi-e greu să lucrezi cu ei? o întrebă Cassandra curioasă, dar şi dornică să vorbească cu cineva.

Nu mai suporta să stea acolo, singură şi închisă, pradă disperării şi furiei.

— Nu. De fapt, e foarte bine să fii centrul atenţiei a trei bărbaţi puternici, iar Liderul e cel mai puternic şi atrăgător dintre ei. Dar poate că ai observat asta deja, zâmbi Terry.

— Spune-mi, o întrebă Cassandra, reţinându-şi un zâmbet, ştii cumva cum îl cheamă? Întreb şi eu de curiozitate, vă urmăresc activităţile de mult timp, dar informaţia asta nu o am.

— Nici dacă i-aş ştii numele nu ţi l-aş spune. Nu eşti persoana indicată pentru asta.

Terry plecă şi încuie uşa.

Cassandra se acoperi până la bărbie cu pătura, se îmbrăţişă şi încercă să se liniştească şi să adoarmă. Altceva mai bun de făcut oricum nu avea.

— Cassandra, trezeşte-te! auzi o şoaptă înainte să deschidă ochii şi să-l vadă stând în faţa ei şi privind-o atent.

— Dumnezeule, eşti tu! zise ea, aproape uşurată că-l vede pe Lider, şi nu pe Jeff.

— Ei bine, nu sunt Dumnezeu, dar parcă simt un strop de bucurie în vocea ta. Cum de se întâmplă asta? o întrebă el, zâmbindu-i.

— Ţi se pare, negă ea, privind în altă parte Se ridică şi bău apă.

— De ce e tot acolo mâncarea? Nici nu te-ai atins de ea, constată Liderul, cu glas tăios. Ai cumva de gând să nu mănânci deloc? adăugă el, ridicându-se de pe pat.

— Nu mi-a fost foame şi nu accept ordine de la tine. Asta mi-a zis Jeff, că-mi ordoni să mănânc,. Poate că scopul tău e, totuşi, să mă ucizi, iar mâncarea e otrăvită.

— Prinţeso, dacă mâncarea nu a fost nici aseară otrăvită, în mod sigur nu e nici acum. Lasă prostiile şi mănâncă. Am nevoie de tine vie. Şi, dacă faci ce ţi se spune, poate ai parte de o surpriză. Te voi lăsa să vorbeşti puţin cu tatăl tău, care deja a pus poliţia pe urmele tale. Liderul stătea rezemat de dulap. Purta cu nişte blugi negri şi un tricou alb.

— Spui adevărul? îl întrebă ea uimită, dar şi fericită la gândul că va vorbi cu tatăl ei.

— Multe se pot spune despre mine, dar nu că nu aş fi un om de cuvânt. Mănâncă. Acum, îi ceru Liderul cu duritate, privind-o însă misterios.

43

Cassandra se supuse încercând să-i ignore prezenţa, însă Liderul se aşeză în faţa ei la masă şi începu să mănânce şi el.

— Ce s-a întâmplat cu sacoul tău, ţi-a fost atât de cald, încât n-ai mai avut răbdare să descheie nasturii şi i-ai rupt? o întrebă, cu o sclipire jucăuşă în ochi.

Cassandra aproape se îneacă cu o înghiţitură de pâine. Spre disperarea ei, nu-şi putea ascunde toate reacţiile faţă de el. Se opri deodată din mâncat şi-şi reţinu cu greu lacrimile.

— Se pare că i-ai ordonat lui Jeff şi alte lucruri, printre care şi ăsta... îi spuse ea, privind faţa de masă.

El se ridică în picioare şi veni lângă ea, privind-o încruntat.

— Ce tot spui?

— Mi-a zis că i-ai spus să facă ce crede de cuviinţă dacă nu mănânc...

— Nu i-am zis aşa ceva şi el ştie asta prea bine. Ce s-a întâmplat? o întrebă Liderul cu nervozitate în glas, întorcându-i uşor chipul spre el.

— Nimic. Din fericire, Terry a ajuns la timp şi l-a obligat să plece, îi spuse ea privindu-l cu greu în ochi.

— Ţi-a făcut ceva? o întrebă Liderul, pri-

vind-o cu intensitate. Spune-mi odată, adăugă el, observându-i ezitarea.

— Nu... Dar a încercat... Cassandra îl privi ridicându-se în picioare, furios şi agitat. Ce faci?

— Nimic, îi răspunse, ieşind ca o furtună din cameră.

Trânti uşa, o încuie, lăsând-o din nou pe Cassandra cu o mulţime de întrebări la care aştepta un răspuns.

Ea nu reuşi să termine de mâncat. Îi pierise pofta. Făcu un duş, se schimbă într-un halat de baie pe care îl găsise printre hainele aduse de Lider, bucuroasă că era curat şi i se potrivea. Se întinse apoi în pat, cu gândul că un somn bun o va mai linişti.

Peste câteva minute, cineva intră din nou în cameră. Cassandra ştia cine e. Liderul veni în pat şi se întoarse spre ea, spunându-i pe un ton pe care nu i-l mai auzise:

— Noaptea asta rămân lângă tine. Fără comentarii, nu te ajută, îi ceru, punându-i un deget deasupra buzelor.

Cassandra încercă să respire normal şi să adoarmă. Era bucuroasă că stătea totuşi la câţiva centimetri distanţă şi nu se repezise la ea, aşa cum o făcuse Jeff. O nedumerea atitudinea

lui. Nu înțelegea ce caută acolo, lângă ea, când ar fi putut fi oriunde în altă parte, cu altă femeie mai mult decât dispusă pentru el.

— Noapte bună, Cassandra, îi ură cu glas straniu, sau cel puțin așa i se părea ei.

Ea înghiți cu greu și îi spuse:

— Noapte bună.

— Ei, vezi că poți să fii și politicoasă?

— Dacă tot suntem politicoși, am câteva întrebări pentru tine, îi zise ea pe un ton ironic.

— Vezi să fie cât mai puține, sunt obosit și nu reacționez prea bine în starea asta, o avertiză el râzând, ca s-o provoace.

— Ce i-ai făcut lui Jeff?

— Nu l-am ucis încă, dacă asta vrei să știi, îi răspunse Liderul, iar ea bănui că zâmbește. Din nou, râdea de ea, iar ei i se părea insuportabil lucrul ăsta.

— Mai ai întrebări? adăugă el cu o voce joasă.

Cassandra și trase mai bine pătura mai bine pe ea înainte să-i răspundă.

— Acum, nu. Pe celelalte le păstrez pentru mâine. Și nu uita ce mi-ai zis, vreau să vorbesc cu tatăl meu cât mai repede, îi ceru, stând întinsă pe partea ei de pat și privind tavanul.

— Vei face şi asta, dar până atunci ar trebui să dormim. Mâine avem o zi plină, îi zise el enigmatic, iar ea ar fi vrut să mai spună ceva, dar se abţinu. Era mai bine să nu-l provoace, voia să evite o situaţie neplăcută.

Tăcu şi asculta cum respirau amândoi, fiindcă nu reuşi să adoarmă repede. În mod sigur, nu-i suporta prezenţa acolo, lângă ea.

— Cassandra?

— Ce e? Încerc să dorm.

— Relaxează-te, nu mai fi atât de încordată. Nu aştept să adormi ca să-ţi fac ce crezi tu... îi zise, amuzat.

— N-ai idee ce-mi trece mie prin minte, aşa că ai putea să nu mai vorbeşti.

— Iar tu n-ai idee de cât de multe lucruri ştiu despre tine, aşa că nu mai fi atât de sfidătoare şi fă ce ţi se spune, înainte să te iau în braţe, o avertiză, apropiindu-se de ea şi punând o mână pe braţul ei, mână care fu imediat împinsă la o parte.

— Ţine-te departe de mine, nu sunt vreuna din femeile alături de care îţi pierzi timpul. Ştii, Liderule, nu toate femeile îţi cad la picioare, îi zise ea zâmbind cu satisfacţie, întrebându-se la ce se referise el când spusese că ştie multe lu-

cruri despre ea.

Îl simţise cum se ridică încet şi se sprijină în cot:

— Dacă n-aş mai avea puţină raţiune, te-aş face să regreţi vorbele astea, prinţeso. Dar, fie, tu ai vrut-o, adăugă el, după care o luă în braţe şi o lipi de corpul lui puternic. Stai aici, în braţele mele, şi dovedeşte-mi că nu simţi nimic, îi ceru, în timp ce o strânse mai bine în braţe, fiindcă ea se zbătea.

— Ăsta e noul tău joc prostesc? Aşa procedezi cu toate femeile care îţi ies în cale? Dă-mi drumul, tu nu-ţi dai seama când o femeie nu e deloc atrasă de tine? Chiar ai greşit persoana, să ştii, îi zise Cassandra, respirând cu nervozitate şi cu greutate.

Era insuportabil, cum îşi putea permite s-o ţină astfel în braţe, ca pe una dintre iubitele lui? Ţinea o mână sub ea, iar cealaltă i se odihnea pe abdomenul ei. Cassandra abia respira de furie şi indignare.

— Dacă nu taci, am să te fac eu să taci, şi ştii deja cum... voi uita şi de ultima fărâmă de raţiune şi voi face cu tine ceea ce îmi doresc de atâta timp... îi şopti, conştient că a spus cam mult.

Ea îi simţea respiraţia caldă pe gât şi mân-

gâierea uşoară de pe braţ. Liderul atinse cordonul halatului de baie. Cassandra tresări şi înghiţi cu noduri. Era incredibil cum reacţiona bărbatul ăsta uneori, se gândi, sperând ca lui să-i amorţească braţul pe care îl ţinea sub ea şi s-o lase în pace să doarmă, să respire, să nu-i mai ia aerul, să-i dea odată drumul acasă şi s-o lase să trăiască liniştită.

Capitolul 3

Negocierea

În ziua următoare, Cassandra se trezi în brațele lui. Spera încă de când fusese răpită ca totul să fie doar un coșmar din care se va trezi la ea acasă, în camera și în patul ei, însă, din păcate, era tot acolo, în camera aceea, în patul acela, și nu singură. Vru să-i dea mâna la o parte de pe ea, dar glasul lui o opri:

— Nu... mai stai puțin, te rog, o rugă Liderul, ținând-o în continuare lipită de el.

Probabil vorbea în somn, își zise ea. Mai rămase doar o clipă lângă el, după care plecă la baie, înainte ca acesta s-o rețină din nou. Acolo se răsfăță, dacă putea spune astfel, cu un duș care o mai învioră.

Când ieși din baie, Liderul era tot în pat. Faptul o nemulțumea, însă nici varianta mai multor ore petrecute închisă, de una singură, nu-i convenea.

— Vino aici, de ce stai acolo? o invită el, zâmbindu-i somnoros.

Aproape că arăta mai uman și mai adorabil așa, somnoros și ciufulit. Doar aproape, își zise.

— Când voi vorbi cu tatăl meu? Aștept de ieri asta, îl întrebă așezându-se pe pat, fără să se întindă.

— Imediat. Acum mai stai cinci minute. Pur şi simplu stai aici, lângă mine, îi ceru Liderul făcându-i semn să se întindă lângă el.

— Chiar trebuie? îl întrebă, privindu-l cu teamă şi încercând să scape.

— De fapt, insist. Haide, nu mai sta aşa, acolo, nu muşc, sau cel puţin nu am fost acuzat de asta.

— Ăsta ar fi ultimul lucru de care ar trebui să fii acuzat şi atunci le-ai avea pe toate, îi spuse ea zâmbind ironic, întinzându-se pe pat.

— Trebuia să spui asta, nu-i aşa? Pur şi simplu nu te poţi abţine, prinţeso.

— Dacă tu nu poţi, eu de ce să fiu mai prejos? ripostă Cassandra, furioasă pe ea însăşi, fiindcă îi zâmbi. Nu voia s-o interpreteze greşit şi deveni serioasă din nou.

— Îmi placi mai mult când zâmbeşti, îi mărturisi el, punându-şi mâna pe abdomenul ei, provocându-i senzaţii pe care n-ar fi dorit să le simtă în preajma lui.

— Nu trebuie să-ţi plac, şi de asemenea, nu trebuie să-ţi tot pui mâinile pe mine, nu mă încântă, îi zise Cassandra, privindu-l în ochi şi luându-i mâna de pe ea.

— În schimb, mă încântă pe mine, replică

el, râzând şi privind-o într-un fel care o deranja.

— Cred că au trecut cele cinci minute, îi zise Cassandra, ridicându-se repede din pat.

— Întotdeauna eşti atât de exactă? o întrebă, ridicându-se, la rândul lui, din pat

Îi trase cu ochiul înainte să meargă spre baie.

Cassandra expiră furioasă. O enerva comportamentul lui şi se simţea furioasă şi pe ea însăşi pentru reacţiile pe care reuşea să i le stârnească.

După un timp, el apăru în cadrul uşii vesel, acoperit doar cu un prosop în jurul taliei. Se îndreptă spre pat să-şi ia hainele. Cassandra se întoarse cu spatele. El veni în spatele ei şi îi cuprinse mijlocul:

— Ce-i? Mi-am uitat hainele aici, îi şopti, apropiindu-se de gâtul ei.

— Dă-mi drumul, nu te mai purta atât de imatur, nu mă vei duce în patul tău niciodată... îi spuse ea, sperând să-l descurajeze.

— Iar tu nu-mi poţi spune cum să mă comport, prinţeso. Aici nu eşti în regatul tău, ci în al meu şi pot să fac ce vreau eu, ai înţeles? o întrebă Liderul, sărutând-o apoi rapid pe gât, iar ea se zbătu, plecând de lângă el.

— Chiar nu eşti un spectacol atât de interesant precum crezi, îi zise ea, privindu-l cu ură.

— Nu te cred. Chipul şi ochii tăi îmi spun tot ce am nevoie să ştiu, chiar dacă eşti încăpăţânată. Prinţeso, tremuri când mă apropii de tine şi nu poţi nega asta, aşa cum nu eşti în măsură să-mi dictezi ce şi cum să fac sau cum să fiu. Tu eşti doar prizoniera mea, să nu uiţi asta. A! şi doar ca să-ţi arăt de ce sunt în stare, îţi spun că voi dormi cu tine în fiecare noapte până când îţi voi reda libertatea.

— Nu pot să cred! Nu vei face asta! strigă Cassandra, roşie de furie şi indignare.

— Ba da, şi o voi face, îi zise el râzând, după care merse rapid la baie să se schimbe.

Când ieşi, o găsi aşezată pe un scaun. Se gândea la oribila împrejurare care o adusese în preajma celui mai mare ticălos din lume. În mod sigur, greşise grav în viaţă, dacă soarta o trata astfel. Se bucura că purta un tricou negru şi blugi, astfel încât să nu se mai simtă chiar atât de expusă privirii lui.

Îl privi în tăcere cum vine spre ea.

— Hai, îi ceru el serios, luând-o de braţ şi descuind uşa.

— Pot să merg şi fără să atingi, îi zise ea

încruntată. Oricum, nu am unde să plec, nu?

— Te voi atinge de câte ori voi dori. Mergi acum! îi ordonă el, ținând-o în continuare de braț, ignorându-i vorbele și privind-o așa cum știa că ei nu-i face plăcere.

Cassandra tăcu. Știa că era inutil să vorbească. Îl urmă, neavând altă soluție, în mica bucătărie din depozitul abandonat. Observă fiecare detaliu al încăperii, încercând să rețină totul, pentru momentul în care va fi nevoită să dea declarații poliției despre ceea ce i se întâmplase...

— Ce facem aici? îl întrebă.

Se bucura că ieșise în sfârșit din camera aceea, dar voia tot mai mult, voia acasă.

— Stai jos, îi ceru el serios, arătându-i un scaun.

— Unde sunt ceilalți?

Nu prea mai avea ce să vadă în bucătărie.

— Nu că ar fi treaba ta, dar sunt plecați, asta e tot ce trebuie să știi. Sau vrei cumva să faci parte din grupul meu? o întrebă Liderul insinuant, iar ea roși imediat, nici nu mai știa a câta oară.

— Nu, mulțumesc, nu mă interesează oferta ta, îl asigură.

— Dacă te răzgândești vreodată, să mă anunți. Uite aici ce așteptai, rosti el, aruncând pe masă niște articole din diverse ziare și niște fotografii. Asta, îi zise el scoțând telefonul din buzunar, va fi folosit mai târziu.

— Ce sunt astea? îl întrebă, observând starea lui ciudată, de tristețe parcă.

O nedumerea. Un ticălos trist, nu asta era descrierea tipică a băieților răi din plăcere.

— Citește și ai să vezi, îi zise el, așezându-se lângă ea pe un scaun. Toate astea reprezintă dovada ticăloșiei tatălui tău.

Cassandra începu să citească și simți cum ochii i se umplu de lacrimi. Articolul relata despre uciderea în masă a unor oameni într-o explozie ordonată, din câte se părea, chiar de senatorul Charles Daniels, iar pozele erau concludente.

— Ce e asta și ce legătură are cu mine, cu tine? N-am mai văzut lucrurile astea niciodată, îi mărturisi, privind cu atenție data. Articolul era vechi de doisprezece ani, exact momentul în care mama ei murise.

— Printre oamenii care au murit acolo, atunci, în explozia aceea, era și mama mea, îi zise Liderul, trecându-și o mână peste față,

pentru a se calma. Mai mult, tot acolo se afla şi mama ta, adăugă, urmărindu-i reacţiile.

— Nu se poate! Cum poţi să minţi în felul ăsta?! Mama mea a murit fiindcă era bolnavă, îi zise ea, nevenindu-i să creadă toate informaţiile pe care le aflase.

— Asta ţi s-a spus? o întrebă el, privind-o compătimitor.

— Da. Dacă toate astea ar fi adevărate, ce alte dovezi ai şi de ce mă aflu aici? Trebuie să-mi spui, te rog... îi ceru, mai pierdută ca niciodată.

— Un stick, care se află în posesia tatălui tău. Acolo sunt toate porcăriile pe care le-a fă-cut senatorul Charles Daniels.

— Şi cum ai de gând să-l obţii? îl întrebă, nemaifiind în stare nici să gândească limpede.

I se părea de necrezut tot ceea ce tocmai aflase.

— Cu ajutorul tău, de asta te afli aici. Mul-ţumită?

— Şi pentru asta trebuia să mă răpeşti?! Nu puteai să vii la biroul meu şi să vorbim ca doi oameni civilizaţi? Sau să-l furi de la tatăl meu, dacă tot eşti un infractor, izbucni Cassandra.

Nu se mai putea controla. Îi venea să-l lo-vească şi să nu se mai oprească.

— Serios? Domnişoara avocat vorbeşte despre furt? Acum sunt eu cel surprins, îi zise el, cu o urmă de zâmbet pe chip.

— Nu-ţi permit să mă mai ironizezi. Încetează!

— Nu e uşor lucru să furi de la un senator înconjurat de o armată de gărzi de corp, oricât ai fi de *infractor,* ca să te citez, domnişoară avocat, vorbi Liderul, zâmbind tot mai larg. Îţi voi spune doar atât şi sper să nu regret: poate că aparenţele nu se potrivesc cu realitatea şi sper că într-o zi mă vei înţelege, adăugă el, privind-o cu o intensitate care o înfiora.

— Nu ai tu norocul ăsta, îl asigură Cassandra, fulgerându-l cu privirea. Care e planul tău în continuare? întrebă, aproape dorindu-şi s-o ia la fugă şi să nu mai ştie nimic din toate astea.

— Îi vom da un telefon domnului senator, iar în schimbul tău îmi va da stick-ul cu informaţiile pe care le vreau.

— Ascultă-mă. Dacă tot ce spui e adevărat, îmi pare rău pentru moartea mamei tale şi când voi pleca de aici îl voi pune chiar eu sub acuzare pe ta... vru să-i spună „tată", dar se opri. Dacă ceea ce aflase el era adevărat, atunci senatorul Charles Daniels nu mai merita titlul de tată.

— Încă te îndoieşti de spusele mele? o întrebă Liderul trist. Te vei lămuri că spun adevărul chiar acum.

Scoase telefonul din buzunar şi formă un număr, după care îl puse pe masă, pe difuzor. La capătul celălalt al firului, Cassandra auzi vocea tatălui ei:

— Da, cine este?

— Important e ceea ce am eu să-ţi ofer, domnule senator, vorbi Liderul, sigur pe el.

— Ce e asta, cine este?

— Fiica ta în schimbul unui anumit stick – ştii deja la care anume mă refer.

— Cassandra e bine? Vreau s-o aud!

— Nu eşti în măsură să dai ordine, domnule senator. A! şi mai am o dorinţă: vei renunţa la candidatura pentru postul de guvernator. O canalie ca tine nu poate să ocupe o astfel de funcţie.

— Voi face tot ce trebuie, numai dă-mi-o pe fiica mea la telefon, vreau să vorbesc cu ea! rosti Charles Daniels, panicat.

— Sunt aici, interveni Cassandra, nervoasă.

— Draga mea, eşti bine? Ticălosul ăla te-a rănit în vreun fel? Îţi promit că...

Senatorul era mai agitat ca niciodată. Nu-i

venea să crveadă că un infractor îl demască în fața fiicei lui, iar asta îl înfuria la culme.

— Sunt bine, însă şi tu eşti o altă persoană care m-a rănit aşa cum nu credeam vreodată să o facă. Te urăsc aşa cum nu mi-aş fi imaginat niciodată, îi spuse Cassandra cu seriozitate.

— Nu spune asta, draga mea. Îți promit că vom vorbi mai mult atunci când ne vom vedea.

— Mâine dimineaţă la ora 7:00 vreau stick-ul. Îți voi da un mesaj cu adresa. Vei veni singur, domnule senator, sau fiica ta moare. Ne-am înţeles? îi zise el, privind-o într-un mod întunecat pe Cassandra, iar ea tresări la auzul vorbelor lui, dar şi din cauză că el închise telefonul.

— Deci, gata, s-a terminat. Mâine voi fi departe de aici, acasă sau moartă, dacă nu-ți dă ce îți doreşti, îi spuse Casandra, ridicându-se de pe scaun. Lasă-mă să te întreb ceva: chiar m-ai ucide sau ai zis-o doar aşa, ca să-l sperii pe el?

— Chiar vrei să afli răspunsul la întrebarea asta? o întrebă Liderul, apropiindu-se de ea, iar ea se aşeză din nou pe scaun, numai să nu fie atât de aproape de el.

— Când adresez o întrebare cuiva, aştept un răspuns, îi zise Cassandra, privindu-l cu atenţie.

Nu ştia cum poate bărbatul ăla să fie atât de... nici ea nu mai găsea un cuvânt care să-l descrie în totalitate.

— Doar aş face să pară că te-am ucis, spre disperarea tatălui tău, îi mărturisi el cu un zâmbet care putea topi cu uşurinţă inimile femeilor.

Dar nu şi pe a ei. Niciodată, îşi zise Cassandra.

— Şi cu mine cum ar rămâne? îl întrebă, înfricoşată de planurile lui.

— Te-aş păstra doar pentru mine, doar aşa, fiindcă sunt un infractor, prinţeso, îi zise el, venind tot mai aproape de ea. Cum ţi se pare răspunsul ăsta?

— Oribil. Exact ca şi tine, îi răspunse Cassandra, lipindu-se de spătarul scaunului.

Vruse să se ridice, dar el o prinse în braţe şi o aşeză ca pe un fulg pe picioarele lui, pe scaun, înainte ca ea să poată reacţiona. Numai simţind-o atât de aproape, inima îi bătea tot mai repede şi dorinţa pentru ea creştea.

— Dar răspunsul ăsta cum ţi se pare? îi zise el, sărutându-i buzele cu lăcomie.

Cassandra se zbătu şi vru să-l împingă, dar el o ţinea prea strâns. Simţea cum buzele lui îi explorează buzele şi i le devorează cu totul, fi-

ind în stare să facă să păcătuiască chiar şi un înger. Avea de-a face chiar cu un demon, era convinsă de asta tot mai mult. Trupul i se înmuie în braţele sale, pentru câteva clipe sau minute, nici nu mai ştia, spre furia ei, a raţiunii ei.

Liderul o luă în braţe şi o aşeză pe masă, iar buzele lui flămânde coborâră pe gâtul ei, lăsând urme arzătoare.

— Dă-mi drumul! Dă-mi drumul acum! ţipă ea, eliberându-se din braţele lui pe neaşteptate.

Vru să se îndepărteze de el, dar fu lipită de perete, fiindcă Liderul o ajunse imediat şi-şi puse mâinile de o parte şi de alta a ei, lipindu-le de perete.

— Asta e ultima noapte pe care o petrecem împreună, prinţeso, şi vreau s-o petrecem aşa cum trebuie, îi zise el, luând-o în braţe şi punând-o pe umărul lui, ducând-o astfel până în cameră, ignorându-i protestele şi ţipetele.

— Să nu îndrăzneşti, ticălosule! Să nu îndrăzneşti să mă atingi iar. Te urăsc! N-ai înţeles? Lasă-mă jos!

Cassandra ştia că protestele ei erau ignorate de bărbatul ăla oribil şi ticălos, dar nu se putea abţine. Simţise cum el o duce şi o aşază pe pat, după care îşi scoate tricoul:

— Dacă nu stai lângă mine, te leg. Nu te mai zbate atât, nu voi face lucrul la care te gândeşti, vreau doar să te simt lângă mine. Ai idee ce-mi faci? o întrebă el cu un glas şoptit, în timp ce se aşeza lângă ea.

— Te rog, lasă-mă în pace. Vreau să fiu cât mai departe de tine, nu înţelegi? îl întrebă, privindu-l cu spaimă.

Spera ca Liderul s-o lase în pace, ştia că nu e Jeff, dar tot îi inspira teamă. Uneori mai mult ca de obicei...

— Te rog, Cassandra, taci şi nu mă mai privi atât de speriată. N-am de gând să-ţi fac vreun rău, niciodată n-am vrut asta... îi mărturisi, cuprinzând-o în braţe, iar ea se supuse de data asta.

Poate din cauza felului în care îi vorbise, nici ea nu ştia, dar ceva din vocea lui o convinse să accepte şi să tacă. Era cel mai bine aşa. El o aduse la pieptul lui, iar ea stătu nemişcată, cu mâinile pe lângă corp. Liderul mai era şi la bustul gol, o provocare aşa cum nu mai avuse din partea lui.

— Poţi să mă atingi, dacă vrei, o invită el, zâmbindu-i jucăuş.

— Nu începe iar, nu o voi face. Era furioasă

pe ea însăşi, fiindcă era aproape bine la pieptul lui, simţindu-i inima cum îi bate tot mai puternic. În schimb, ar trebui să ştiu cum te numeşti, nu-mi amintesc să-mi fi spus, adăugă ea, încercând să obţină informaţia aceasta utilă.

— Poate îl vei afla într-o zi, nu se ştie niciodată, dar nu în noaptea asta, o ştii prea bine, îi spuse el, întorcându-i vorbele, în timp ce mâna lui îi mângâia spatele. Eşti atât de tensionată, prinţeso. Întotdeauna eşti aşa?

— Numai când sunt nervoasă din motive evidente, desigur, îi zise Cassandra, închizând ochii. Şi mă gândesc la ziua minunată de mâine, când nu va mai trebui să te suport, adăugă.

Fusese o mişcare periculoasă, căci astfel obrazul ei simţi mai mult pieptului bărbatului.

— Mi-a plăcut, îi spuse Liderul. Vrei să-ţi spun ce alte lucruri mi-ar plăcea să-mi faci? adăugă el, ştiind că o intimidează.

Se simţea un ticălos că se purta aşa cu ea, dar uneori nu se mai putea abţine. Pur şi simplu nu putea. O dorea de atâta timp, că nici el nu mai ştia exact de când. Şi ştia că nu va putea trăi liniştit, aşa, dacă ea va fi din nou departe de el.

— Nu sunt obligată să-ţi suport provocările şi insinuările. Nu mă atragi şi gata, ţine minte

asta, îi zise ea, ridicându-se de la pieptul acestuia, dar el o ținu cu forța.

— Nu mă face să-ți arăt cât te pot face să suporți din cauza mea, îi spuse el, sărutând-o din nou, dar făcând-o să se simtă ca și cum ar fi în flăcări.

Buzele îi luară foc, dar era doar durerea pe care i-o provocară dinții ei atunci când îl mușcă, nu prea tare, din fericire. O privi râzând și-și duse mâna la gură. Nu sângera, din fericire.

— N... nu! Ai spus că nu mă vei forța, îi aminti ea nervoasă.

— Nici nu am de gând să fac asta. Te pot face să vrei, prințeso, să mă vrei, îi spuse Liderul, mângâindu-i obrazul, dar ea se retrase repede. Ce părere ai?

— Imposibil, îi zise Cassandra zâmbind cu ironie, dar zâmbetul îi pieri când el se așeză deasupra ei și o sărută, ținându-i mâinile într-ale lui și bucurându-se de buzele ei, de corpul ei lipit de al lui, de ea, atât cât putea.

Asaltul asupra ei dură vreo câteva minute, timp în care corpul ei reacționa la trupul lui în mod opus față de cum ar fi trebuit, adică să-l respingă din nou. Își simți buzele întredeschise de vârful limbii lui, și, preț de câteva clipe,

nu mai reuşi să se controleze. O săruta atât de bine... El îi eliberă mâinile şi îi mângâie uşor abdomenul. Respiraţiile lor erau grăbite şi sacadate, iar dorinţa creştea în ei cu fiecare secundă care trecea. La un moment dat, el se opri şi se ridică de pe ea, dar o luă în braţe:

— Ai simţit? E doar o mică parte din ceea ce pot să fac, să-ţi fac, îi spuse el cu vocea răguşită de dorinţă.

— Dar nu-mi vei face, îi zise ea pe un ton poruncitor, privindu-l cu ură, întorcându-se apoi cu spatele, mai mult pentru a-şi ascunde jena faţă de el.

Nu-i venea să creadă ceea ce tocmai făcuse. Se lăsă în voia lui pentru câteva minute. Îi venea s-o ia la fugă de acolo, dar braţele lui erau din nou în jurul ei, ţinând-o, mângâind-o, neliniştind-o...

— Nu te baza prea mult pe asta, prinţeso, o avertiză.

Se lipi de ea făcând-o să-l simtă, torturând-o aşa ştia mai bine, lăsând-o să adoarmă cu greu, aşa cum i se întâmpla şi lui. Mai ales lui, îşi zise, lipindu-şi obrazul de gâtul ei, respirându-i direct pe piele şi înfiorând-o pe femeia din braţele lui, pe care o dorea mai mult decât putea să-i spună...

Capitolul 4

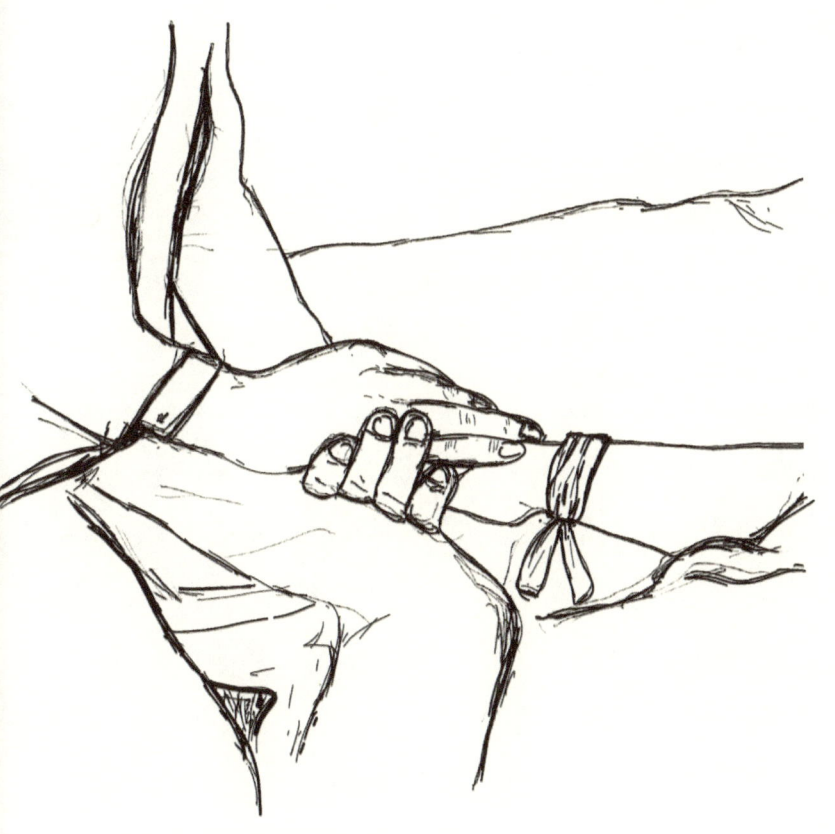

Eliberarea

În ziua următoare Cassandra fusese trezită de un sărut uşor pe obraz:

— Cassandra, haide, trezeşte-te, îi spuse cel a cărei voce o cunoştea deja prea bine, spre tristeţea ei.

Se ridică din pat şi merse la baie, acolo unde văzu, spre bucuria ei, nişte haine pe care cu siguranţă el i le lăsase. Zâmbi fără să vrea.

După ce făcu un duş rapid, îşi luă nişte blugi albaştri, un tricou alb şi o bluziţă neagră, revenind apoi în cameră.

— Vin şi eu imediat, o anunţă Liderul, măsurând-o cu privirea, zâmbindu-i şi făcându-i cu ochiul, după care merse la baie.

Ea se întoarse cu spatele, pentru a nu-i da satisfacţia de a-i vedea zâmbetul care se încăpăţâna să apară pe chipul ei. Măcar nu-i mai vorbise în felul acela care o scotea din minţi. Nu trebuia să uite cine era şi câte făcuse. Nu putea şi nu trebuia să piardă din vedere faptul că era un bărbat periculos, mult prea periculos, obişnuit să dea ordine şi să comande după bunul plac. Îşi amintea însă şi felul acela în care îi vorbise uneori, parcă pentru a o înduioşa.

El apăru îmbrăcat, spre uşurarea ei, şi scoase dintr-un rucsac un radio micuţ, pe care îl porni.

— Ce se va întâmpla acum? îl întrebă Cassandra, așezându-se pe scaun.

— Ascultăm știrile. Vreau să aud cum cineva renunță la candidatura pentru postul de guvernator, o lămuri el așezându-se lângă ea, pe alt scaun. Nu plecăm de aici până nu aud ceea ce aștept de mult timp, adăugă, zâmbindu-i.

Cassandra scoase o grimasă, dar știu că nu are de ales și trebuie să mai aștepte puțin. Inima îi bătea mai repede la gândul întoarcerii acasă. Avea atâtea lucruri de făcut, atâtea cazuri care o așteptau, care solicitau întreaga ei atenție, și poate cine știe, își lua o scurtă vacanță. I-ar fi prins bine, având în vedere întâmplările din ultimele zile... Fu întreruptă din gânduri de vocea de la radio, care anunța retragerea candidaturii senatorului Charles Daniels pentru funcția de guvernator, din motive personale. Motive personale! Repetă în gând Cassandra, cu tristețe profundă. Încă nu-i venea să creadă ceea ce fusese în stare să facă tatăl ei. Să ucidă cu sânge rece atâția oameni, din cine știe ce motiv nebunesc, și mai ales persoanele cele mai importante din viața ei și a bărbatului care stătea gânditor lângă ea. Pentru lucrul ăsta, pentru suferința lui, îl compătimea. Asta nu însemna, însă, că se va

lăsa atrasă în jocul lui seducător.

— Putem pleca acum, ai auzit ce ţi-ai dorit, îi zise Cassandra, ridicându-se nerăbdătoare de pe scaun.

— Un ultim lucru. Vino aici, îi ceru Liderul zâmbitor, făcându-i semn să vină spre el.

— Iar începi? îl întrebă ea ezitantă, simţin-du-şi inima bătând nebuneşte.

— Crede-mă, bucură-te că doar încep, şi acum vino aici, dacă nu vrei să termin ce am în-ceput azi-noapte, zise el umezindu-şi buza infe-rioară, gest care o enervă.

Cassandra oftă, dar se aşeză pe genunchii lui. Nu voia să se apropie mai mult, însă el îi spuse:

— O, nu, nu aşa. O luă în braţe şi o lipi de el, astfel încât picioarele ei să fie în jurul lui, lucru care o făcu să roşească puternic. Aşa. E mult mai bine acum, îi zise Liderul mângâindu-i obrazul, iar ea închise ochii câteva secunde, ca o formă de apărare împotriva privirii lui încântate. Ţi-e frig, de ce tremuri aşa, prinţeso?

— Ţi se pare... gata, ajunge, lasă-mă să plec. Pierdem timpul, îi spuse ea, tremurând din tot corpul.

Niciun bărbat nu se mai purtase astfel cu ea şi nu-i mai stârnise asemenea senzaţii contradictorii.

— Imediat. E atât de bine să te simt aşa, lipită de mine, îi mărturisi el, sărutând-o cu o pasiune care parcă îi ardea pe amândoi.

După câteva minute o desprinse de el, cu regret, însă ştia că trebuia să o facă. Cel puţin deocamdată... Ea tăcu, prea răvăşită, şi se îndepărtă de el, sperând să nu simtă focul din ea, care ardea mocnit...

Cassandra merse apoi cu el în maşină, acolo unde erau şi ceilalţi trei membri ai grupului. Prezenţa lui Jeff o deranja, dar aceasta abia o privi şi asta o linişti. El conducea, Araon era pe locul din dreapta, în timp ce Terry şi el, Liderul, stăteau lângă ea, pe bancheta din spate.

Casandra inspiră adânc, privind soarele cu drag. Nu-l mai văzuse de câteva zile. Drumul fu parcurs în tăcere şi cu rapiditate, iar ea se uită întruna pe geam, bucuroasă că vede peisajul, orice altceva în afară de camera unde fusese prizonieră.

— Astea sunt ale tale, îi zise Liderul, deschizându-i palma şi punându-i bijuteriile pe care i le luase în ziua răpirii.

— Mulţumesc, zise Cassandra.

Nu-i venea să creadă că el făcea un gest onorabil.

— N-ai pentru ce, îi răspunse el, privind-o într-un fel pe care ea alese să-l ignore.

Îşi puse ceasul pe mână şi lănţişorul la gât şi privi din nou pe geamul maşinii. Într-un final, ajunseră la destinaţie, iar senatorul era deja acolo, aşteptându-i. Cu toţii îşi acoperiră faţa cu eşarfe roşii.

Liderul o ajută pe Cassandra să coboare. O prinse de mijloc, îi legă rapid mâinile şi ţinu o armă îndreptată spre tâmpla ei. Îi făcu inima să-i bată mai repede şi, mai ales că degetele lui o strânseră uşor de talie, mângâind-o parcă. Astfel înaintară spre locul în care se afla Charles, care îi privea neliniştit.

Jeff, Araon şi Terry rămaseră lângă maşină, privind cu atenţie în jurul lor, pentru a observa un eventual pericol.

— Ce surpriză plăcută, domnule senator, îi zise Liderul, înaintând spre acesta, dar ţinând-o pe Cassandra lângă el.

Savura privirea speriată a tatălui ei. Voia să-l facă să sufere, aşa cum suferise şi el din cauza lui.

— Cassandra, draga mea, vino aici. Dă-i drumul! strigă Charles la el, dar Liderul nici nu se sinchisi de ordinul lui, mai ales că era atât de bine să o simtă aşa, lângă el...

— Charles, îi zise ea, vrând să înainteze spre el, însă fu oprită de braţele puternice ale Liderului.

— Ce mai aştepţi, eliberează-o! urlă Charles.

— Mai întâi, dă-mi ceea ce vreau, îi ceru Liderul.

Îi făcu semn lui Araon, care venise cu un laptop. Acesta luă stick-ul de la senator şi-l verifică.

— E-n regulă, şefu', confirmă Araon, după care se întoarse la maşină.

Cassandra simţi cum Liderul îi desface legăturile şi o eliberează. Înainte de a o lăsa să plece, o prinse uşor de mână şi îi şopti:

— Ai grijă de tine, Cassandra, şi te rog să nu mă urăşti pentru ce ţi-am făcut...

Când se întoarse către el, văzu pe chipul său un zâmbet ciudat şi o privire pierdută.

Cassandra înghiţi în sec şi îi zâmbi. Apoi înaintă spre tatăl ei. Când se îndepărtă câţiva paşi de Lider, din maşina tatălui său ieşiră mai mulţi oameni înarmaţi care, la ordinul acestuia, înce-

pură să tragă în Lider.

— Tată, nu face asta! strigă ea şi se aşeză înaintea Liderului, protejându-l şi primind un glonţ în locul lui.

Oamenii Liderului începură să tragă în cei ai senatorului, în timp ce Liderul o prinse pe Cassandra în braţe şi se lăsă cu ea la pământ.

— La naiba, Cassandra, de ce-ai făcut asta?! rosti cu voce frântă, în timp ce-i mângâia obrazul şi căuta rana. Glonţul o atinsese în umăr, dar ea era deja inconştientă. Senatorule, vei plăti pentru asta, auzi? ţipă el, înainte ca Araon să vină lângă el şi să-l ia de acolo, ajutat de Terry.

— Hai să plecăm, ce mai aştepţi? N-avem timp de pierdut! strigă Terry, mânioasă.

— Aşa ceva nu trebuia să se întâmple! zise Liderul, lovind cu putere bordul maşinii. Naiba să te ia, senatorule!

Simţea că se sufocă de furie, în timp ce Jeff conducea cu viteză, îndepărtându-se de locul acela. Ura faptul că a trebuit să plece aşa şi să o lase acolo, rănită, dar nu avea de ales. Îşi strânse pumnii de furie, gata să ia la bătaie pe oricine. Numai gândul că ea ar putea să moară din cauza rănii îi cauza o furie insuportabilă, iar o durere puternică de cap îl cuprinse.

— Nenorociți incompetenți ce sunteți, mi-ați ucis fiica! urlă furios senatorul, în timp ce alergă spre ea.

Cineva sună după medicul de familie, un om discret, care nu punea întrebări nedorite. Pentru asta era plătit atât de bine.

Charles ajunse lângă Cassandra și o luă în brațe, privind cu disperare sângele care curgea din umărul ei.

— Trebuia să-l nimeriți pe el, nu pe ea, idioților! Și totul nu e decât din cauza lui, a ticălosului ăluia, de care mă voi ocupa personal.

Între timp, ajunse și doctorul, care o urcă pe fată în mașină și o duse la clinica lui, unde constată că e vorba despre o rană superficială. Luă măsuri ca fata să primească îngrijirile necesare și hotărî să o țină peste noapte acolo, pentru a-i monitoriza evoluția.

Charles puse pe cineva să stea de pază toată noaptea în fața ușii salonului ei și plecă acasă, să se schimbe. Era obosit și îngrijorat. Știa că, atunci când se va trezi, fata lui îi va pune întrebări la care el nu era dornic să răspundă. Charles nu avea idee că fusese urmărit.

Liderul știa că riscă mult, dar voia să se asigure că fata e în afara oricărui pericol. După

plecarea lui Charles, intră în clinică îmbrăcat ca o persoană respectabilă. Nimeni n-ar fi bănuit cine era. Îi fusese uşor să pătrundă acolo şi să afle în ce salon era Cassandra. Odată ajuns în dreptul uşii, văzu pe cineva care stătea de pază acolo.

— Senatorul Charles Daniels m-a trimis să aduc lucrurile acestea pentru fiica lui, îi zise el, simţind cum îi bate inima din nou prea puternic, gândindu-se la ea.

— Pe mine nu m-a anunţat.

Bărbatul îl scurtă, neîncrezător.

— Te anunţ eu acum sau vrei să-i dau un telefon şi să-i spun că nu-i urmezi ordinele? Insistă Liderul, stăpân pe sine.

— Bine, intră, cedă bărbatul, deloc încântat.

Atât vru Liderul să audă. Deschise uşa cu o nerăbdare care îl uimea şi pe el, iar după ce o închise merse rapid spre patul Cassandrei. O privea cum stătea întinsă cu ochii închişi şi respira cu greutate. Aşeză pe un scaun plasa cu hainele pe care le purtase ea în ziua în care o răpise Jeff din ordinul lui, apoi se aşeză lângă pat şi o privi. Se bucura că respiră fără ajutorul prea multor aparate, în afară de masca de oxigen. Avea şi o

perfuzie la o mână. Arăta atât de fragilă... Îi venea s-o ia de acolo şi s-o ducă într-un loc în care să se facă bine mai repede, apoi să o ţină lângă el... Îşi trecu mâinile peste chipul care îi trăda oboseala, încercând să gândească raţional, deşi, când venea vorba de ea, numai raţional nu putea să fie...

Nu putea sta prea mult în salon, altfel dădea de bănuit. Scoase din buzunar o banderolă roşie pe care i-o legă în jurul mâinii neconectate la perfuzie, îi sărută uşor încheietura mâinii şi, după ce îi îndepărtă masca de oxigen, îi sărută uşor buzele, gustându-le dulceaţa, simţind că nu-i va fi niciodată îndeajuns doar atât. Îi puse apoi masca de oxigen la loc pe faţă.

— Să te faci bine, prinţeso, îi ură el.

I se păru că tresare uşor şi-şi mişcă buzele, dar probabil că imaginaţia lui era de vină. O mai privi o dată lung, înainte să plece. Oftând, deschise uşa şi se îndepărtă fără a adresa un cuvânt celui postat în faţa salonului. Îşi afundă mâinile în buzunarele pantalonilor şi părăsi clinica. Conduse îngândurat până acasă, unde făcu un duş rapid şi se întinse în pat, gândindu-se la ce va face în continuare. Încă simţea gustul buzelor Cassandrei pe buze. Nici cea mai puternică

băutură din lume nu-l va face să uite, să o uite...
Avea sentimentul că știa deja ce va face în conti-
nuare, mai ales că aștepta întâlnirea lor de mult
timp, de prea mult timp...

Capitolul 5

Gânduri contradictorii

A doua zi de dimineaţă, Cassandra deschise ochii încet, ameţită din cauza durerii. Îşi văzu umărul bandajat acolo pe unde îl străpunse glonţul. şi observă şi că e conectată la aparatul de oxigen. Ceva o strângea uşor la mână — banderola roşie prinsă la încheietură. Făcu ochi mari de uimire.

Dumnezeule, a fost aici! îşi zise, înroşindu-se şi neputându-şi reţine un zâmbet. Respiră adânc şi mângâie banderola, conştientă de reacţia ei prostească şi ridicolă. Se uită apoi în salon şi văzu hainele pe care le purtase în ziua care schimbase nişte lucruri pentru ea... Închise ochii şi în minte îi reveniră amintirile din zilele trecute, cu cel care făcuse ca ea să simtă lucruri pe care nu le mai simţise niciodată, precum ura intensă şi dorinţa de răzbunare pentru ceea ce i se făcuse. Însă îi apăreau şi imaginile cu ei doi, şi senzaţiile pe care le trăise cu el în preajma ei, în camera aceea, şi reacţiile ei la braţele şi buzele lui... Corpul lui, lipit de ea... Nu-şi putea scoate din minte felul în care el se lăsase în genunchi în faţa ei imediat după ce fusese împuşcată, nici cuvintele lui... până ce totul se întunecase în jurul ei, iar ea leşinase. Inima începu să o ia razna, dar cel puţin era mulţumită că nu-şi pierduse

memoria. Avea nevoie de amintiri pentru că, cu ajutorul lor, va face ca el şi grupul lui să înfunde închisoarea. În mod sigur se va ocupa de asta. Inspiră adânc şi chemă doctorul apăsând un buton.

— Bună dimineaţa, te-ai trezit? Cum te simţi? o întrebă medicul John Meyers, bucuros că ea îşi revenise.

— Cred că sunt bine. Când voi putea pleca de aici?

— Stai să te consult şi apoi vedem, îi răspunse el, zâmbind.

O consultă, iar ea îi asculta recomandările.

— Bine, acum nu-ţi mai trebuie decât o perfuzie cu vitamine şi în câteva ore vei putea pleca acasă, adăugă doctorul, ocupându-se de perfuzie. Urmează să vină tatăl tău. Sunt sigur că te vei bucura să-l revezi. El mi-a zis ce s-a întâmplat cu tine. Am impresia că ai mai slăbit de când te-am văzut ultima oară. Trebuie să ai grijă şi să te vindeci, îi zise John, notând în acelaşi timp ceva în fişa ei medicală. În urma analizelor de sânge rezultă că nu ţi s-au administrat droguri sau alte substanţe de genul ăsta, adăugă el, sperând să o mai binedispună puţin.

— Nu, n-am avut astfel de probleme, vorbi Cassandra, indignată. Cine ți-a spus să-mi iei sânge? se interesă ea pe un ton serios.

— În primul rând, eu am considerat că e necesar, pentru a depista eventuale complicații, iar apoi și tatăl tău a insistat.

— Și sunt bine, nu? întrebă, sperând să fie în regulă cel puțin din punct de vedere fizic, căci cu psihicul era o altă poveste...

— Da, fizic, ești bine, ai doar o rană superficială la umăr. Se va vindeca repede. În schimb, din punct de vedere psihic, în mod sigur ai suferit un șoc. Dacă vrei să te ajut cu ceva în sensul ăsta, nu ezita să-mi spui. Îți pot recomanda o colegă psiholog, dacă vrei să stai de vorbă cu cineva.

— Sunt sigură că nu se va ajunge până acolo, îi spuse, simțind o urmă de furie că el îi recomandă așa ceva. Închise ochii, gândindu-se că totuși, John îi vrea binele. Îți mulțumesc pentru tot, John, adăugă, încercând să zâmbească puțin, mai mult pentru a-l liniști.

De când se știa, el avusese grijă de ea, și trebuia să aprecieze asta.

— N-ai pentru ce, știi că o fac cu drag, îi răspunse John zâmbindu-i, după care ieși din salon.

Cassandra își dădu la o parte masca de oxigen. Abia aștepta să se răsfețe cu o baie lungă și aromată și să se vadă în patul ei. Trecându-și mâna prin părul încâlcit, simți un parfum bărbătesc venind de la banderola roșie pe care o avea încă pe mână și-l inspiră adânc, pentru a se simți mai bine. Privi bucata de material cu gândul s-o dea jos și s-o arunce cu prima ocazie, dar ceva o oprea, spre furia ei interioară. Se gândea că, odată ajunsă acasă, totul va fi din nou așa cum trebuie să fie, iar ea va redeveni femeia puternică și echilibrată de dinainte. Nu se va lăsa destabilizată dintr-atât, din cauza unei întâmplări nefericite care făcuse ca drumul ei să se intersecteze cu al lui... nu-l va lăsa să-i acapareze gândurile, ființa, liniștea, inima... pentru unul ca el, va avea mereu același răspuns: nu. La toate astea se gândea în timp ce o lacrimă îi cădea pe obraz și nu putea s-o oprească. Punea totul pe seama emoțiilor prin care trecuse în ultima vreme. În scurt timp, va fi bine și pregătită. Pregătită să-l aducă în fața ei, în sala de la tribunal, și să-l facă să se supună regulilor ei. Se va simți atât de bine atunci când îi va vedea reacția la auzul sentinței judecătorului, care îl va găsi vinovat. Fiindcă așa și era: vinovat. Vinovat

fiindcă o făcuse să treacă prin toate acele stări şi nelinişti. Nu-l va ierta niciodată. Niciodată. NICIODATĂ! îşi repetă cu îndârjire, după care adormi, epuizată psihic.

— Cassandra, draga mea, trezeşte-te!

Vocea răsuna în mintea ei, iar când deschise ochii îl văzu pe tatăl ei care stătea lângă ea.

— Ce cauţi aici, asasinule?! Ieşi afară! Cum îndrăzneşti să vii aici, după câte ai făcut?! îl întrebă ea.

Nu suporta să-l mai vadă. Charles era acum pentru ea doar o altă persoană care o dezamăgise, un nimeni. Îi omorâse mama, iar pentru asta şi pentru toate celelalte crime şi fapte oribile nu avea nici o scuză.

— Draga mea, ne vom certa mai târziu, acum am venit să te duc acasă, îi spuse el cu calm. Până zilele trecute, el era bărbatul pe care îl admira cel mai mult, iar acum îl privea cu o ură de nedescris.

— Nici moartă nu plec cu tine acasă! Ieşi de aici, până nu uit şi de ultima fărâmă de bun simţ. Oricum nu o meriţi! îi ceru ea nervoasă.

— Bine, zise Charles, oftând. Voi pune pe cineva să te ducă acasă, adăugă, după care plecă grăbit.

După câteva secunde, în salon intră un bărbat pe care ea îl recunoscu. Era Dean, una dintre gărzile de corp ale tatălui său, un tânăr blond cu ochi albaştri. Se ştiau de câţiva ani şi mereu îl respectase, aşa cum şi el o respecta pe ea. Se uită la ea înduioşat şi o ajută să se ridice din pat, deşi ea se opuse la început.

— Cum te simţi, Cassandra? o întrebă, ajutând-o să-şi îmbrace geaca subţire.

— Nu mă întreba... îi răspunse, zâmbind slab.

Tatăl ei ştiuse pe cine să trimită. Măcar atât.

— Hai să mergem acasă, îi spuse el, înconjurându-i talia cu braţul lui puternic.

— Bună idee, Dean, aprobă ea zâmbitoare, ieşind alături de el pe uşa clinicii.

Privi pentru o secundă soarele. I se părea atât de frumos şi de strălucitor! Era ca şi cum urma o perioadă cu totul nouă în viaţa ei. Înainte să urce în maşină, Cassandra văzu în parcare o maşină neagră, cu geamuri fumurii. Unul era coborât. Cineva o privea insistent. Cassandra ar fi putut jura că, înainte ca geamul să se ridice din nou, iar maşina să plece, revăzuse ochii aceia care o făcură să se oprească pe loc, simţind cum sângele i se scurge din obraji.

— S-a întâmplat ceva? auzi vocea preocupată a lui Dean, care veni spre ea.

— Nu, nimic, hai să mergem.

Urcă în maşină, surprinsă şi neliniştită. Dean conducea atent şi la drum, dar şi la ea.

— Sigur eşti în regulă? Nu prea pari.

— Ba da, sunt bine. Foarte bine, îi răspunse ea, surâzând, pentru a-l linişti.

— Ce-i asta? o întrebă el privind şi arătând spre banderola roşie.

— Nimic important, îi zise Cassandra, simţind o arsură în dreptul inimii, probabil de la starea ei de slăbiciune.

— Dacă acolo ţii lucrurile neimportante, mă întreb ce faci cu cele importante, râse Dean.

— Dean, taci şi condu. Atât. Vreau să ajung repede acasă, îl rugă, roşie la faţă.

— Cum ordonă prinţesa, aprobă el râzând din nou.

— Cum mi-ai zis? îl întrebă ea, cu un glas aproape răguşit.

— Aşa cum ţi-am spus dintotdeauna şi nu te-a deranjat niciodată, din câte îmi amintesc, îi reaminti el, zâmbitor.

— Asta nu mai e valabil acum, te rog. Poţi să-mi spui, oricum, numai nu aşa... îl rugă ea.

amintindu-şi că aşa îi spusese el, Liderul. Şi ura cuvântul ăla.

În scurt timp ajunseră acasă, în apartamentul ei.

— Intră, Dean, nu mai sta acolo, pe tine nu te voi certa. Meriţi măcar un pahar de suc fiindcă m-ai adus acasă, îi zise ea, privindu-şi casa cu încântare.

Era fericită să se vadă din nou acolo. Alergă bucuroasă în bucătărie, unde îi arătă lui Dean un scaun pe care să stea, iar el se conformă, punându-şi mâinile pe masă, făcând astfel ca geaca de piele să se întindă pe muşchii braţelor lui.

Dean o îşi scoase geaca şi o agăţă pe spătarul scaunului.

— Da, în mod sigur te afli unde trebuie, aici, la tine acasă, remarcă, zâmbindu-i larg. Ascultă, Cassandra, vreau să-ţi spun că toţi am fost foarte îngrijoraţi pentru tine, şi, desigur, şi tatăl tău.

— Dragul meu Dean, dacă mai rosteşti cuvântul ăla, te scot afară şi nu mai primeşti nici suc, îl ameninţă ea, arătându-i în glumă degetul arătător.

— Atunci trebuie să te iau în serios, îi zise el zâmbind. Ca şi cum doar sucul ar fi de ajuns, şopti el ca pentru sine, dar ea îl auzi.

— Dean, ce vrei să spui? Adică îți este foarte sete și vrei două pahare?

— Cum spui tu... îi zise el, încruntându-se, dar își reveni rapid.

Nu voia ca ea să-și dea seama de unele lucruri...

— Uite aici, îl meriți.

— Mulțumesc, Nu ți-e foame? o întrebă.

— Acum, că ai adus vorba, mă uit să văd ce am prin frigider.

Găsise niște paste și vru să le prepare, dar el îi luă pachetul din mână.

— Nu, tu stai pe scaun, gătesc eu, serios.

— Ooo, mai nou ești și bucătar! remarcă ea zâmbind.

— Și încă unul bun, frumoaso. Nu te-ai obosit să-mi descoperi talentele, îi spuse el, întorcându-i zâmbetul.

Avea noroc că se cunoșteau de atâta timp, altfel, știa cum ar fi reacționat ea la astfel de vorbe. Nu oricine își permitea să-i vorbească astfel.

— Hai, fă mai repede mâncarea aia, dacă tot te lauzi. Mi-e foame, recunoscuse ea zâmbitoare, dar nu-i ignoră vorbele.

Îl urmărea cum gătește, iar felul în care se mișca i se părea atât de natural, ca și cum i-ar fi

fost indiferent dacă era în bucătărie sau într-o luptă. Se bucura că nu fusese de față acolo, în ziua eliberării ei, fiindcă altfel nu ar mai avut aceleaşi sentimente de prietenie şi recunoştinţă pentru el.

— Mâncarea e gata, poftă bună, îi zise el, pregătind farfurii pentru amândoi.

— Mulţumesc, domnule bucătar, poftă bună şi ţie, îi spuse ea zâmbitoare, după care începură amândoi să mănânce. Hm, e atât de bun! De mult n-am mai mâncat atât de bine, mai spuse ea, savurând gustul de-a dreptul magic al spaghetelor.

— Mă bucur că-ţi place. Pot să-ţi gătesc şi altă dată, dacă vrei.

— Mă tem că mă voi îngrăşa, dacă o voi ţine tot aşa. Mă văd nevoită să refuz propunerea ta tentantă.

Cassandra îl privi şi continuă să mănânce, pentru a ignora ceea ce nu voia să vadă în ochii lui. Nu voia ca el s-o vadă ca pe o femeie, ci ca pe o prietenă.

— Cassandra, vorbeşti cu mine, nu cu vreun străin. Nu există riscul ăsta. Arăţi foarte bine şi o ştii, îi zise el, strângându-i uşor mâna, dar şi-o retrase repede.

Nu voia să se dea în vileag faţă de ea, ştia ce li se mai întâmplase altor bărbaţi care fuseseră gărzi de corp pentru tatăl ei şi avuseseră neşansa să viseze la ea. Cassandra era de neatins, iar el voia ca măcar să poată fi în preajma ei, chiar şi aşa, ca prieten, căci aşa îl trata ea, prinţesa, cum i se spunea. O admira în tăcere, pentru cariera ei, dar mai ales pentru omul care era. Dacă ea ţinea la cineva, îl trata ca pe un om, indiferent dacă era amic din lumea ei sau servitor din casa tatălui ei. Nu era înfumurată, la fel ca tatăl ei, pentru care nu avea prea multă admiraţie. O voia, dar ştia că e imoral să se gândească aşa la ea şi trebuia să se mulţumească doar cu prietenia ei.

— Dean, la ce visezi? îl întrebă ea, pocnind din degete.

— Crede-mă, nu vrei să ştii, îi răspunse, încleştându-şi maxilarul.

— Ah, în mod sigur erai cu gândul la vreo iubită de-a ta, îi zise ea, râzând.

— Dacă zici tu...

Cât era de adorabilă! Şi când se gândea că era cât pe ce să rămână fără ea, dacă glonţul sau ticălosul ăla care o răpise ar fi ucis-o... Se încruntă numai la gândul respectiv.

— Bine, Dean, poţi să pleci liniştit acum. Sunt bine, sunt acasă, am şi mâncat, deci nu-mi mai trebuie nimic. Poate doar un somn bun, vorbi Cassandra, zâmbitoare.

— Eşti sigură că nu mai ai nevoie de ceva? Mi-e teamă să rămâi aici, singură. Ştii, pot să stau pe canapea, dacă vrei, dar aş fi mai liniştit dacă aş rămâne, îi spuse el privind-o intens şi sperând s-o facă să se răzgândească.

— Sunt foarte sigură, mulţumesc, dar trebuie să continuu să trăiesc fără să-mi fie teamă de orice umbră.

— Cum vrei tu, dar dacă e nevoie, mă suni. La orice oră, îi spuse Dean, sărutând-o pe obraz, după care îşi îmbrăcă geaca.

— Aşa voi face, minţi Cassandra cu zâmbetul pe buze.

Nu voia să-l deranjeze sub nici o formă. Era şi el om şi trebuia să se odihnească, nu putea să dispună de el ca de un robot. Ţinea prea mult la el ca să-l chinuiască astfel.

— Să nu minţi, o rugă, ştiind deja la ce se gândeşte.

— Nu mint, negă ea. Haide, du-te odată acasă, eşti obosit, îţi ajunge pentru azi, şi a mai trebuit să mă dădăceşti şi pe mine.

— Asta nu e o problemă, recunoscu Dean, îmbrăţişând-o rapid, după care plecă. Noapte bună, Cassandra. Încuie uşa după ce plec.

— Noapte bună, du-te odată! îi zise ea, râzând cu poftă.

Încuie uşa, apoi îşi pregăti o baie. Se simţea perfect în apa caldă. Închise ochii o clipă. Când îi deschise, puţina fericire din ultimele ore parcă se evaporase. Îşi privi mâna, acolo unde era încă banderola roşie şi o desprinse furioasă, vrând pentru o clipă s-o sfâşie. Dar, fiindcă nu putea s-o facă şi nici s-o arunce, o puse pe marginea căzii, în spatele ei.

Nu ştiu care e planul tău, dar nu-ţi dau voie să-mi faci asta! Sper să te văd închis cât mai curând şi să recunoşti că te-am învins, îşi zise, în timp ce lacrimile îi şiroiau pe obraji. Acum era singură şi putea să-şi dea frâu liber lacrimilor şi sentimentelor. Odată cu lacrimile, voia să-şi alunge şi neliniştea. Să alunge de pe pielea ei parfumul lui, urma mângâierilor şi sărutărilor pe care el i le furase fără niciun drept. Să-l alunge din mintea ei, să-l facă să dispară pentru totdeauna, ca şi cum nu ar fi existat. Epuizată de plâns, îmbrăcă repede un halat şi merse în camera ei, în patul ei, în locul ei preferat, aco-

lo unde era doar ea, fără amenințări, fără insi-
nuări, fără provocări, fără privirea lui, care s-o
urmărească încontinuu, fără... el, din fericire,
își repeta întruna. Adormi cu greu, cu gândul la
ceea ce o aștepta de atunci înainte. Spera doar
să-și regăsească forța, să se regăsească pe sine
și să lupte cu oricine i s-ar fi pus în cale, inclusiv
cu cel mai arogant și mai obraznic infractor cu
care avuse de-a face vreodată...

Capitolul 6

Revederea

În ziua următoare, Cassandra era deja la birou, adâncită în dosar. Revederea cu prietena ei fusese una emoționantă, și, deși Joy îi spusese că poate era prea devreme să revină la serviciu, ea era decisă să muncească până la epuizare, dacă era nevoie, pentru a-și îndeplini scopul.

Când intră în biroul ei, Cassandra se privise în oglindă. Arăta bine în costumul din fustă și bluză de culoare roșie, iar părul îi stătea frumos. La tristețea de pe chipul ei prefera să nu se gândească.

— Intră, zise ea, când auzi o bătaie în ușă.

— Eu sunt, îi spuse asistenta și prietena ei, Joy Adkins. Ți-am adus presa de azi.

— Mulțumesc, draga mea, îi răspunse ea zâmbind.

Joy ieșise din biroul ei, iar ea decise să ia o pauză și să răsfoiască ziarele. Un articol de pe prima pagină îi atrase repede atenția:

Liderul, cel mai temut infractor din ultimii ani, este, de fapt, agent special CIA și se numește Alexander Larson. Acesta și-a dezvăluit în mod public identitatea recent, într-un interviu acordat ziarului nostru. Alexander și-a exprimat public sincerele sale scuze, adresate domnișoa-

rei avocat *Cassandra Daniels, pentru toate eve-
nimentele neplăcute prin care a fost nevoită să
treacă, dar mai ales pentru momentele tulbură-
toare pe care i le-a provocat.*

*Larson mai spune că speră ca reacţia dom-
nişoarei avocat să fie un favorabilă la citirea
acestui articol şi îi transmite mulţumirile sale
pentru gestul „incredibil şi memorabil" pe care
aceasta l-a făcut pentru el.*

*De asemenea, Larson a declarat că ceilalţi
doi membri ai grupării au decedat, iar Jeff Brett,
un alt membru, se află închis într-o închisoare de
maximă securitate.*

*Larson a mai declarat că, din cauza faptului
că s-a răzbunat pe senatorul Charles Daniels, din
motive personale, şeful său, căpitanul Bruce Ma-
lone, l-a suspendat din funcţie pe o perioadă de
trei luni, acesta apreciind totuşi informaţiile im-
portante pe care i le-a adus. Aceste date conduc
la intentarea unui proces împotriva senatorului
Charles Daniels, cu mai multe capete de acuzare.*

*Ultimul lucru pe care Larson ni l-a declarat
a fost acela că ne asigură că o va contacta per-
sonal pe domnişoara avocat Cassandra Daniels
pentru a-i prezenta personal scuzele sale.*

Cassandra aruncă ziarul cât colo şi se ridică în picioare. Simţea din nou furia aceea incontrolabilă care îl avea în centrul ei pe Lider, mai bine zis, pe Alexander. Acesta îşi bătuse joc de ea, asta făcuse, iar asta nu se putea şterge cu nişte amărâte de scuze. Dacă îndrăznea să apară în calea ei, l-ar fi sfâşiat. Scuzele lui nu valorau nimic pentru ea.

Privi banderola roşie pe care şi-o legase înapoi la încheietură de dimineaţă. Îi venea s-o distrugă, dar ceva nu o lăsa. În plus, articolul îi provocase o emoţie mai puternică decât voia să recunoască...

— Cassandra?

O striga din prag secretara ei.

— Ce este? întrebă ea, curioasă şi iritată că fusese întreruptă din gândurile ei malefice la adresa domnului agent special Alexander Larson.

— E cineva afară care vrea să vorbească cu tine. Apropo, tipul e fenomenal, şi spune că odată ce îl vei vedea îl vei recunoaşte... îi spuse Joy zâmbitoare, după care plecă.

Cassandra rămase în picioare, aşteptând să vadă cine vrea să vorbească cu ea. Reacţia lui

Joy era una tipică pentru ea atunci când vedea un bărbat frumos.

Uşa se deschise, iar în pragul biroului ei apăru zâmbitor bărbatul coşmarurilor ei, Alexander Larson.

— Sunt eu, Cassandra, îi zise el, închizând repede uşa,

Veni spre ea, privind-o ca pe cel mai dulce lucru posibil şi zâmbindu-i în felul acela care îi topea inima, împotriva orgoliului şi conştiinţei ei.

— Nu!

Cassandra simţea că se prăbuşeşte pur şi simplu, fiindcă respira mai greu decât ca la o cursă de maraton. Se aşeză pe scaun, căci genunchii nu o mai susţineau. Bine că între ei doi se afla biroul.

— Nu veni la mine. Stai acolo! Sau, mai bine, pleacă! îi ceru Cassandra, simţind cum îi revine furia de mai devreme. Nu pot să cred că ai tupeul să apari aici! Credeam că am scăpat de tine! îi strigă ea, nervoasă că privirea ei îl căuta şi-l măsura din cap până-n picioare.

Era îmbrăcat în costum şi arăta de parcă ar fi putut purta orice, fiindcă absolut orice i-ar fi pus în evidenţă trupul.

— Cassandra, nu trebuie să reacţionezi aşa, îi zise el venind spre ea şi punând mâinile depărtate pe birou.

— Şi cum ar trebui să reacţionez?! îl întrebă, aproape strigând din nou.

Se ridică în picioare şi ocoli biroul, apropiindu-se de dulapul unde avea mai multe dosare, hotărâtă să-l ignore complet. Astfel, el urma să se plictisească şi să plece. Repede, înainte ca ea să-şi piardă minţile complet.

Din câţiva paşi, el ajunse lângă ea şi o lipi de perete. Îşi puse apoi mâinile în jurul ei, o privi şi îi spuse pe un ton mai hotărât ca niciodată:

— Ascultă-mă câteva minute şi, dacă vrei să plec după aceea, voi pleca. N-am venit până aici ca să mă ignori şi nu plec până nu-ţi spun ce am de spus.

Cassandra oftă cu greutate şi încercă să se uite la tavan, pentru a nu-l privi. Îşi încrucişă braţele în jurul taliei şi aşteptă ca el să plece. Gâfâia, fiindcă mâinile lui îi înconjurau mijlocul, deşi încercă să i le dea la o parte.

— Haide, fă-ţi prestaţia şi pleacă. Mă faci să pierd timpul, îi ceruse ea, dar el îi prinse bărbia în mâna lui.

— Uită-te la mine, nu mai fi încăpăţânată.

— Bine, mă uit, dar ia mâna de pe mine. Şi acum?

— Am venit aici pentru că vreau să-mi cer scuze personal faţă de tine, aşa cum am declarat în articolul pe care ştiu că l-ai citit, vorbi Alexander, iar ochii lui trădau o tristeţe imensă. Ştiu că nu a fost bine ce am făcut şi de aceea sunt aici, adăugă el, respirând cu greutate.

— Ţi-ai cerut scuze, acum poţi să pleci. Apropo, puteai să trimiţi un mesaj prin care să faci asta, nu era nevoie să vii personal, chiar nu era nevoie să te văd din nou. Te-am văzut destul cât să-mi doresc să nu te mai văd niciodată, Liderule, sau să-ţi spun mai bine Alexander, îi zise ea cu o voce ironică, dar tremurândă.

— Ştiam eu că nu-mi va fi uşor, mărturisi Alexander, trecându-şi o mână prin păr.

Ea profită de ocazie pentru a încerca să plece de lângă el, dar fu prinsă de mână.

— Dă-mi drumul sau chem paza, îl amninţă Cassandra, privindu-l în ochi.

În sufletul ei se dădea însă o luptă continuă cu el, cu ea însăşi...

— Nu. N-am să-ţi dau drumul. Nu s-au spus toate lucrurile între noi, Cassandra şi nu am de

gând să-ţi ascult protestele.

— Ce e? Vrei să fii sigur că nu te mai pot acuza de nimic? îl întrebă ea, cu iritare.

Nu-i venea să creadă în ce fel o putea enerva bărbatul acela.

— Nici n-ai avea motive să mă acuzi. În plus, sunt deja suspendat din funcţie fiindcă te-am răpit, îi zise el, ţinând-o de braţ.

— Şi atunci? Vrei să te răzbuni pe mine şi pentru asta? îi spuse ea, curioasă să vadă până unde putea ajunge cu atitudinea lui.

— Nu, Cassandra, nu mai vorbi prostii. Vreau să-ţi spun că simt... nişte lucruri pentru tine şi vreau să te fac să recunoşti că şi tu simţi la fel, o lămuri el cu un glas pierdut, luând-o în braţe. Nu mai face asta, nu mă mai ţine la distanţă de tine, nu mai suport...

— Alexander... te rog... pleacă... îi zise ea, neştiind cât va mai putea suporta.

— Nu, Cassandra. Nu plec până nu ne lămurim odată pentru totdeauna în legătură cu noi, se încăpăţâna Alexander, strângând-o şi mai puternic în braţe. Spune-mi, de ce-ai sărit în faţa glonţului, când eu trebuia să fiu cel împuşcat? N-ai idee de câte ori mi-am pus întrebarea asta în zilele şi nopţile când n-ai fost lângă mine,

111

adaugă el, mângâindu-i obrazul.

— Fiindcă... nici măcar un ticălos ca tine nu merită să moară. Nu era corect, tu mă eliberaseși, iar tatăl meu nu jucase cinstit. Din nou. În schimb, Terry și Araon au murit și aproape că îmi pare rău pentru ei, îi.

— N-au murit, am declarat asta doar pentru presă, ca să nu ajungă la închisoare. Așa am considerat că trebuie să-i răsplătesc pentru loialitatea lor. În schimb, Jeff e condamnat la închisoare pe viață, pentru că a îndrăznit să se apropie de tine.

— Mă bucur că ai făcut asta pentru ei... mai ales că ea m-a ajutat atunci când Jeff a vrut ... mă rog, știi tu...

— Și eu mă bucur că a fost acolo și a făcut gestul ăla pentru tine.

Cassandra nu se putu abține și-l mângâie pe obraz, apoi își retrase mâna, făcându-l să zâmbească.

— Mă bucur că ai făcut asta. E pentru prima oară când mă mângâi, în loc să mă pălmuiești.

Cassandra se simțea năucită de cele aflate. Își pierdea puterea în brațele lui, fiindcă pur și simplu corpul ei nu asculta de ceea ce îi dicta conștiința.

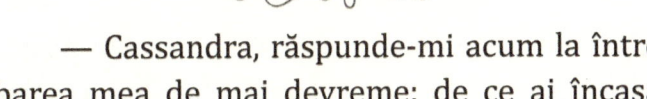

— Cassandra, răspunde-mi acum la întrebarea mea de mai devreme: de ce ai încasat glonţul ăla pentru mine?

— Ţi-am spus deja. Oricum, nu cred că gândeam limpede, trăisem nişte momente foarte intense. Aşa am simţit...

El o privi uimit, dar nu era cu totul mulţumit de răspuns.

— Permite-mi să nu fiu întru totul de acord cu tine. Încetează să-mi serveşti jumătăţi de adevăr. Nu plec de aici până nu ne spunem totul. Totul, Cassandra, repetă, mângâindu-i braţul, iar ea tremură la atingerea lui. Uită-te la astea, îi spuse el scoţând din buzunar nişte fotografii cu ea din diverse perioade ale vieţii ei: în liceu, la absolvirea facultăţii, la ceremonia de numire a ei ca avocat.

— De unde le ai? îl întrebă ea, uimită.

— Din presă. Încă de când am aflat cine a pus la cale explozia în care au murit mamele noastre, mi-am dorit să te găsesc, să te fac să suferi aşa cum nu ai mai făcut-o niciodată şi astfel să mă răzbun pe tatăl tău pentru ceea ce îmi făcuse. Dar, odată cu trecerea anilor, mi-am dat seama că nu pot să-mi duc la capăt planurile. Odată ce te-am avut în mâinile mele, am înţeles

că nu pot să te ucid. Pur şi simplu n-am putut, mărturisi Alexander, mângâindu-i talia. Cassandra, înţelegi ce vreau să-ţi spun? o întrebă, apropiindu-se de buzele ei. Ai devenit o obsesie pentru mine, mai ales de când te-am avut aproape. Când te-am ţinut în braţele mele, singurul meu gând nu era să te ucid, ci... cu totul altul. Spune-mi că mă poţi ierta, prinţeso, spune-mi, căci, dacă mă refuzi, am să vin în fiecare zi aici, la tine, am să vin şi la tine acasă, am să te urmăresc peste tot, până te voi face să mă accepţi în viaţa ta. Ştii prea bine că sunt capabil de asta.

— A... aş putea obţine un ordin de restricţie pe numele tău, îi zise, privindu-l şi gâfâind din cauza destăinuirilor lui, care o tulburau, împotriva raţiunii ei, care îi impunea să-l refuze.

— Ai putea, dar ştii că asta nu mă va împiedica, o asigură Alexander, mângâindu-i buza de jos, stârnind în corpul ei reacţiile pe care doar el putea să i le trezească.

— Alexander... te rog... nu-mi face asta. Lasă-mă să mă gândesc la tot ce mi-ai spus. Am nevoie să fiu raţională, îi zise ea, abţinându-se să-l îmbrăţişeze.

— Nu, dacă eşti raţională, te pierd. Raţională nu mă vei accepta niciodată. Vreau să-mi

spui acum, prinţeso. Aici şi acum, îi ceru el, lipindu-şi obrazul de obrazul ei.

— Vreau atât de mult să-ţi spun nu. Tot ce vreau să-ţi spun e nu... recunoscu ea, simţind cum se pierde în faţa lui, aşa cum nu i se mai întâmplase vreodată cu alt bărbat.

— Până te gândeşti puţin la ce ţi-am spus, explică-mi ce e cu banderola pe care ţi-am dat-o când erai pe patul de spital. De ce o porţi? Dacă m-ai urî, n-ai avea-o, îi zise el, punându-i mâna în dreptul inimii, care bătea doar pentru ea.

— Crede-mă că nici eu nu-mi explic.

— Lasă-mă pe mine să-ţi explic atunci. Eu sunt tot ceea ce tu deteşti, tot ceea ce vrei să ţii la distanţă de tine, sunt bărbatul de care nu te-ai putea ataşa niciodată. Cum se face că porţi asta? o întrebă, mângâindu-i încheietura. Fiindcă, spre nefericirea ta, eu, Liderul sau Alexander, cum vrei să-mi spui, te-am făcut să te ataşezi de mine, dacă nu chiar să te îndrăgosteşti de mine. Acelaşi lucru mi se întâmplă şi mie. Împotriva raţiunii sau a ceea ce vrei tu şi a ceea ce îmi doream să fac cu tine, iată-ne aici, îmbrăţişaţi. Bine, mai mult eu te îmbrăţişez. Ce facem în continuare, prinţeso? Şi crede-mă, nu ţi-am zis prinţesă în mod ironic niciodată. Vo-

iam doar să te tachinez, nu mă puteam abține.

— Alexander... ne facem rău unul altuia, nu vezi? N-ar trebui să fie nimic între noi, îi zise ea, simțindu-se dărâmată la propriu.

— Ne-am face și mai mult rău dacă n-am fi împreună. M-a durut să te văd pe patul ăla de spital. Arătai atât de fragilă și de rănită... știi că pe mine m-ai văzut în parcarea aia la spital, nu? Îmi venea să ies din mașină și să-l iau la bătaie pe blondul ăla care te ținea în brațe, ca și cum ai fi fost a lui. Ah, Cassandra, dă-mi o șansă, atât îți cer, atât vreau cu tine și am să-ți arăt că a meritat, că merită să fim împreună. Habar n-ai de cât timp, de câți ani vreau să fiu cu tine. Simt nevoia să-ți fiu alături în permanență, prințeso. Dă-ți voie să faci nebunia asta, să fii cu mine, să trăiești cu adevărat, să fii fericită.

O sărută pe obraz.

— Fac asta, doar dacă... totul va fi așa cum aleg eu, rosti Cassandra, sperând să nu-și regrete hotărârea de a se lăsa în voia unui bărbat ca el. Nu mă vei forța să fac absolut nimic, nu mai suntem în camera aceea, unde tu dețineai controlul.

— Tot ce pot să-ți spun e că mă voi ocupa ca lucrul ăsta dintre noi, ce-o fi el, să meargă. Ce

spui? Îmi acorzi o şansă? o întrebă el, fascinat.

— Dacă doar simt că ceva nu e în regulă sau dacă vreau să mă răzgândesc, o voi face, să ştii, îi zise ea, privindu-l la fel de fascinată.

— Nici nu mi-aş putea imagina altceva în ceea ce te priveşte, prinţeso. Vreau doar să-mi dai voie să fiu lângă tine, cât de mult posibil.

— Tot ce vreau... tot ce vreau să-ţi spun e nu... dar ştiu că m-ar durea sufletul... cred că... cred că vreau să rămâi... nu pot să cred că fac asta, dar fie, îţi dau o şansă şi sper să fii inteligent şi s-o foloseşti cum trebuie. Nu sunt una dintre femeile acelea cu care eşti obişnuit şi nu accept să simt că nu sunt respectată.

— Crede-mă, ştiu asta, o ştiu mai bine decât îţi imaginezi şi nu vei regreta, îi promise el, punându-şi în sfârşit buzele pe buzele ei, simţind-o, gustând-o, umplându-se de ea, aşa cum visase de atâta timp.

Ea se lăsă în voia lui, a sărutărilor lui. Îi simţea mâinile pe pieptul lui, mâini care îl mângâiau aşa cum îşi imaginase de atâtea ori... Nu s-ar sătura niciodată de ea, dar o îndepărtă uşor de el. În niciun caz nu voia s-o facă să-i fie teamă de el. Voia s-o facă să-şi dorească să fie a lui cu toată fiinţa ei, dar până în clipa aceea mai avea

de aşteptat. O îmbrăţişă cu toată blândeţea de care era capabil şi îi spuse zâmbind:

— N-ai idee cât de fericit m-ai făcut, prinţesa mea.

Cassandra se simţea atât de ciudat şi totuşi atât de bine, de parcă ar fi fost altă persoană. Avea ciudatul sentiment că doar în braţele lui era locul ei... inima ei îi bătea cu rapiditate şi fiindcă el se purta atât de blând cu ea.

— Alexander... nu pot să-ţi spun câte ar trebui să-ţi spun, dar... sunt fericită că eşti aici, cu mine. Şi să nu îndrăzneşti să râzi de mine, îi zise Cassandra încruntându-se, dar el zâmbi şi o făcu şi pe ea să zâmbească.

— Nu râd de tine, sunt doar fericit, la rândul meu, că sunt aici, lângă tine. Voi avea grijă de tine, mă crezi? o întrebă, strângând-o din nou în braţe.

— Vreau să cred, vreau să te cred, recunoscu ea, dezlipindu-se de el doar cât să-l privească.

— Te voi face să ai încredere în mine, prinţeso, apoi ne vom bucura unul de altul aşa cum trebuie, o asigură el mângâindu-i mijlocul.

Ea tăcu. Îşi lăsă capul pe pieptul lui, ascultându-i inima... Alexander o mângâie pe spate,

iar apoi îi zise cu hotărâre:

— Hai să plecăm de aici, să ieşim în oraş.

— Dar am multe de făcut, multe cazuri de rezolvat, îi zise ea, privindu-l cu drag.

Nu-i venea să creadă că era în faţa ei, că totul se schimbase în privinţa lor. Bărbatul care îi invadase visele, dar şi coşmarurile, era acolo şi o voia pe ea. Spera să nu se trezească niciodată din visul pe care îl trăia.

— Laşi totul şi vii cu mine. Trebuie să te şi relaxezi. Ai trecut prin multe în ultima vreme, e prea devreme să munceşti atât. Te rog, vino cu mine... o rugă el, ducându-i mâna la gură şi sărutând-o.

— Cum mă poţi convinge să fac ce spui tu? îl întrebă Cassandra, zâmbind.

— Fiindcă sunt fermecător. Şi sunt al tău. Doar al tău. Să mergem, îi spuse el zâmbindu-i, făcând-o să roşească, dar şi să se bucure.

Cei doi ieşiră din birou, mergând îmbrăţişaţi spre ieşire, sub privirile uimite ale lui Joy.

Cassandra îi făcu acesteia un semn discret cu ochiul, semn care însemna că îi va spune totul atunci când va avea ocazia. Ieşi cu Alexander din clădire, ţinându-l de mână şi simţindu-se fericită. Urcară apoi în maşina lui.

— Unde vrei să mergem? o întrebă el prinzând-o uşor de mână înainte să pornească motorul maşinii.

— Mă laşi pe mine să aleg?

— E prima noastră întâlnire oficială, domnişoară avocat. Normal că tu decizi unde vrei să mergem, îi spuse el, aranjându-i o şuviţă rebelă.

— Ei bine, domnule agent special CIA Alexander Larson, îmi doresc să mergem la cofetărie. De ceva vreme, duc dorul unei prăjituri delicioase, recunoscu ea pe un ton voit protocolar, dar mângâindu-i în treacăt obrazul.

— În cazul ăsta, nu pot decât să mă supun, prinţeso. Îmi place asta, fă-o mai des, o îndemnă Alexander surâzând şi o luă de mână.

Cassandra încerca să facă să pară că nu e de-a dreptul hipnotizată. Tocmai de asta se mai uita şi pe geam, ca să nu se lase absorbită cu totul de el, însă numai ea ştia ce era în inima ei.

Alexander conducea cu atenţie, însă tot ceea ce se afla în mintea lui în acel moment era ea, femeia care îi răpise inima. Era mai bucuros decât atunci când îi reuşea o misiune, fiindcă ştia că ea e cea mai importantă misiune din viaţa lui...

Odată ajunşi la cofetărie, s-au delectat cu

gustul dulce al prăjiturilor preferate, au vorbit, au râs, s-au privit, s-au sărutat atât cât să nu fie ea stânjenită, iar apoi, la insistenţele lui, a condus-o acasă.

Ajunşi la ea, el îşi lăsă haina pe canapea.

— Ai o casă frumoasă, Cassandra, îi spuse, admirând obiectele şi decoraţiunile alese cu gust, în timp ce stătea pe canapea.

— Mulţumesc, am decorat-o în funcţie de ideile mele şi am fost mulţumită de ceea ce a ieşit, recunoscu, încă în picioare. Vrei să bei ceva? Nu am alcool, desigur, dar am suc.

— Abia aştept să-mi vezi locuinţa. În privinţa alcoolului, nu-l agreez, oricum, conduc, iar dacă aş bea, aş fi nevoit să rămân peste noapte la tine, îi spuse Alexander, zâmbindu-i în felul acela care o topea. Glumesc, aş rămâne la tine şi dacă nu aş bea, adăugă, văzându-i privirea puţin panicată.

— Cât de liniştitor... râse ea, după care merse la bucătărie, luă pahare şi sucuri şi le duse pe măsuţă din sufragerie.

— Mulţumesc, îi spuse Alexander.

— Cu plăcere, zise şi Cassandra, aşezându-se lângă el şi zâmbind la gândul că vorbeau atât de protocolar unul cu celălalt, faţă de felul

în care vorbiseră cu doar câteva săptămâni în urmă. Dacă ţi-e foame, am nişte paste în frigider, adăugă ea privind spre sucurile de pe masă.

Simţea că prezenţa lui pur şi simplu îi umple locuinţa, iar pe ea o copleşeşte.

— Dacă stau să mă gândesc, mi-e puţin foame, admise el, luând-o de mână şi privind-o cu o poftă care nu avea nicio legătură cu foamea obişnuită.

— Merg să le aduc, atunci. Voi mânca şi eu puţin, îi zise ea zâmbind, ridicându-se şi mergând spre bucătărie.

Mâncară apoi în linişte, savurând faptul că erau împreună.

— Îţi plac? Dean le-a făcut, blondul ăla... îi spuse ea, zâmbind când el se încruntase puţin.

— Aşa, deci. Cine e, mai exact? o întrebă el curios.

— Unul dintre oamenii ta... lui Charles, îi zise Cassandra, corectându-se la timp. Îl cunosc de când lucrează pentru.... el. Suntem buni prieteni şi e un tip pe cinste, adăugă ea zâmbind.

— Hm... murmură Alexander, mijind ochii, dar zâmbi imediat şi o luă în braţe. Se vedea că vă înţelegeţi bine atunci când v-am văzut în parcare, dar felul în care te privea el nu era acela al

unui prieten, te asigur. Nu vreau să par posesiv, dar te vreau doar pentru mine, prințeso, adăugă, strângând-o mai tare în brațe.

— Sunt cu tine și nu trebuie să-ți faci probleme în privința asta, îl asigură Cassandra. Știi, nu vreau să pară că te gonesc, dar e cam târziu, mi-e somn și ar trebui să dorm...

Încercă să se desprindă de el, dar se simți trasă spre buzele lui.

— D acord, e târziu și trebuie să dormi. Cu mine, și nu mă vei refuza, îi zise el mângâindu-i obrazul cu delicatețe.

— De ce ești atât de sigur? îl întrebă ea, cu răsuflarea tăiată.

Apropierea de el o electriza pur și simplu. Așa ceva nu simțise atunci când fusese îmbrățișată de ceilalți doi bărbați pe care avuse neșansa să-i întâlnească. Categoric nu se simțise în felul acela, gata să erupă ca un vulcan, doar la o simplă atingere sau la zâmbetul și privirea lui înflăcărată... Alexander o înnebunise cu totul, era mai pierdută ca niciodată, dar voia să-și permită să facă nebunia de a-l iubi, atât cât acesta o va dori lângă el. Era ca și cum partea din ea care îl urâse se topea cu fiecare atingere, sărut, mângâiere, privire, sau poate că partea

aceea care i se împotrivise cu îndârjire nici nu existase...

— Îmi dai voie să rămân cu tine? Schimbă privirea aia, nu am de gând să te chinui, nu încă...

— Bine... deşi e prea repede chiar şi pentru asta, dar am încredere în tine, cedă Cassandra oftând, simţind conştiinţa strigând în ea. Trebuie să fac un duş, iar apoi, la somn!

— Mă bucur că ai început să ai încredere în mine, îi zise Alexander, sărutând-o uşor. Aş vrea să fac şi eu un duş după aceea, se poate?

— Da, sigur că da, îi zise ea, retrăgându-se de lângă el şi privindu-l încă o dată înainte de a merge la baie.

După un duş relaxant, cu gândul la ziua care se termina şi la câte schimbări adusese în viaţa ei, Cassandra reveni în sufragerie îmbrăcată în halatul pe care şi-l legase cât mai strâns. Alexander o analiză cu nonşalanţă din cap până-n picioare, făcând-o pur şi simplu să se încălzească.

— Merg şi eu la baie acum, spuse el.

Când trecu pe lângă ea, Cassandra îi văzu flăcările din ochi. Abia când intră în baie observă că tremură şi respiră greu. Merse în dormi-

tor şi se întinse pe pat, aşteptând. Nu-i venea să creadă că aştepta ca el să vină lângă ea şi s-o îmbrăţişeze, s-o sărute... doar atât.

El apăru de parcă acolo ar fi fost dintotdeauna locul lui şi se întinse lângă ea, luând-o în braţe, lipind-o de el, iar ea se simţi bine, atât de bine...

— Noapte bună, Cassandra, îi zise el, sărutând-o uşor pe gât.

— Noapte bună, Alexander, îi spuse şi ea, savurând senzaţiile pe care el i le dădea.

— Îmi doresc ca asta să fie una din multele nopţi pe care le vom petrece împreună, rosti el cu un glas şoptit, iar mâinile sale îi mângâiau braţele, stăpânindu-se cu greu să nu dea curs imaginilor pe care le avea în minte gândindu-se la ea, la ei doi...

— Nu pot decât să fiu de acord cu tine, spuse Cassandra aproape fără să-şi dea seama, şi îi mângâie obrazul, ştiind că asta îl bucură.

— Eşti atât de frumoasă, Cassandra! Mă bucur că eşti a mea.

Îşi plimbă degetele peste abdomenul ei, făcând-o să tresară.

— Şi tu eşti foarte frumos, Alexander, şi mă bucur că eşti aici, îi spuse ea, şi, neputându-se

abţine, îi mângâie pieptul gol, făcându-l să se înfioare.

— Hm, îmi place ce-mi faci, prinţeso, dar, pentru binele amândurora, e mai bine să dormim.

Ajunse cu degetele la cordonul halatului ei, unde se opri.

— Bine, scuză-mă, nu vreau să crezi că te provoc intenţionat, dar... a fost doar un impuls. Poate ai dormi mai liniştit la tine acasă, îi spuse ea, luându-şi cu regret mâinile de pe el.

Îi plăcea să-l simtă, dar îi plăcea şi stăpânirea lui de sine. Ştia că încearcă să se controleze de dragul ei şi asta îl făcea cu atât mai adorabil în ochii ei.

— În niciun caz. Acum, că te am aşa cum mi-am dorit, cu acordul tău, nu vreau să mai dormim separat. Simt nevoia să te ţin în braţe, să te simt lângă mine, să te sărut, să te fac să mă doreşti, să mă vrei, iubito... spuse el, dezlegându-i cordonul halatului, privind-o tot timpul pentru a-i analiza reacţiile.

Alexander îşi lipise palma de abdomenul ei gol, iar când o privi în ochi ghici că e cazul să se oprească.

— Alexander... îi zise ea aproape cu glasul stins, închizând ochii.

— Ştiu, ştiu, dar nici eu nu m-am putut abţine, recunoscu el, râzând. Eşti atât de frumoasă şi de apetisantă, iubito. Am să rămân cu mâna aici, pe abdomenul tău, şi vom adormi imediat, zise el, ştiind că minte.

Cassandra se bucura că halatul îi acoperea părţile pe care nu era încă pregătită să şi le expună... Îşi impuse să închidă ochii, să adoarmă, cu toate că respira greu sub atingerea lui fierbinte...

Astfel, cei doi adormiră îmbrăţişaţi, simţind că erau în sfârşit acolo unde trebuia, unul lângă altul...

— Nu! Jeff... nu! exclamă ea, plângând în somn.

Alexander îi auzi vocea neliniştită. Realiză că femeia din braţele lui avea un coşmar.

— Cassandra, trezeşte-te! Trezeşte-te! Deschide ochii, iubito.

O luă în braţe. Îi legă repede cordonul, pentru ca ea să se simtă stânjenită.

— Alexander... l-am visat pe Jeff... încerca să... rosti ea, ridicându-se în şezut şi acoperindu-şi chipul cu mâinile.

— Ştiu, iubito, ştiu. Ai avut un coşmar, ai în-
ceput să plângi şi te-am trezit. Nu voiam să aud
cum te chinui. Nu mai plânge, iubito, sunt aici,
iar Jeff nu-ţi poate face rău niciodată, o asigură,
strângând-o mai tare în braţe şi sărutând-o pe
frunte, în timp ce o legăna uşor.

Se simţea atât de vulnerabil atunci când ve-
nea vorba de ea. Ceea ce simţea pentru ea era
mai intens decât orice alt sentiment. Ar fi făcut
orice pentru a o vedea fericită şi zâmbitoare
lângă el.

Cassandra se calmă în braţele lui puternice,
parcă făcute s-o apere de rău. Îşi şterse lacrimi-
le şi-i savură îmbrăţişarea. Alexander era sincer,
fără îndoială. Se întoarse spre el, observând că
avea halatul închis, şi zâmbi. Ştia că el îi legase
cordonul şi îi fu recunoscătoare.

— Mulţumesc, îi zise, arătându-i cordonul.

— Aş minţi să spun că a fost chiar o plăcere,
dar... spuse el cu un zâmbet ştrengăresc, în timp
ce-şi plimba mâinile pe spatele ei, pe mijlocul ei.

— Ştiu, dar tot îţi mulţumesc, zâmbi ea —
el îi mângâie buza de jos, privind-o, transmiţân-
du-i astfel atât de multe lucruri... — şi mă bucur
că eşti aici, cu mine. Te-am cam trezit, scuze,
mai spuse ea, plecând ochii.

— Nu-i nimic, dar mi-ar plăcea să mă trezeşti din alte motive şi cu un sărut. Măcar unul, dacă se poate... îi zise el, ridicându-i bărbia.

— Ce pretenţios eşti, îi spuse Cassandra, râzând şi mângâindu-i obrazul.

Îi plăcea să-l privească, să-l vadă zâmbindu-i, să-l simtă lângă ea. Poate că era cam repede să simtă acele lucruri pentru el, dar în sufletul ei ştia că totul începea mai devreme, mult mai devreme decât voia să recunoască...

Simţea furnicături în stomac atunci când o privea, senzaţiile i se intensificau atunci când mâinile îi atingeau delicat trupul. Doar el o adusese în starea aceea. Cu ceilalţi doi prieteni pe care îi avusese nu reuşise să ajungă până în stadiul acela. Din teamă şi din alte motive, îi respinsese atunci când încercaseră să se apropie prea mult. Acum ştia de ce: nu fusese atrasă de ei.

De Alexander nu se mai sătura. Era un bărbat foarte frumos şi ştia să se pună în valoare. L-ar fi privit ore întregi. Doar să-l ştie acolo, lângă ea... Dacă aşa se simţea doar privindu-l şi simţindu-l lângă ea, se întreba oare cum ar fi dacă ar fi făcut dragoste cu el... Gândul îi dădea fiori dulci, fiindcă ştia că el ar fi fost atent la do-

rinţele ei, dar ea... oare ea l-ar fi împlinit, i-ar fi fost de ajuns? Se coloră în obraji. Alexander era doar în boxeri, acolo, în patul ei. Era un exemplar de bărbat pe care orice femeie s-ar fi simţit norocoasă să-l aibă, iar ea nu prea ştia cum să reacţioneze. Limbajul trupului său îi spunea că o doreşte, era conştientă de asta, dar mai voia puţin timp. Timp să se obişnuiască cu el, cu atingerile lui, cu ceea ce îi făcea, atât psihic, cât şi fizic. Oricum, se simţea norocoasă şi avea de gând să se bucure de el atât cât se putea, atât cât va dura... după ce se priviră minute în şir, ea spuse cu glas uşor stins:

— Ar trebui să adormim la loc.

— Da, ar trebui, dar mai întâi fac asta, îi zise el, întinzând-o pe pat şi începând s-o sărute, la început mai blând, iar apoi tot mai flămând, explorându-i buzele, apoi gâtul, făcând-o să scoată un sunet de plăcere de care nu se ştia capabilă.

Alexander coborî apoi spre decolteul ei, atât cât îi permitea halatul, în timp ce respirau tot mai agitat. El sărută cu blândeţe locul acela, apoi se ridică uşor de pe ea, lăsându-şi timp să respire. Se aşeză apoi lângă ea şi o luă în braţe, savurând senzaţia de a o avea aproape.

— Ştii ce-mi faci, iubito? o întrebă şoptit, muşcându-i uşor urechea.

— Eu... nu fac nimic... se prefăcu ea nevinovată, respirând cu greutate din cauza efectului pe care Alexander îl avea asupra ei.

— Într-o zi, am să te lămuresc în privinţa asta, prinţeso. Şi am să te fac să simţi totul. Să mă simţi. Şi să savurezi. Îţi promit, rosti, aşezându-şi mâna chiar sub sânii ei, făcând-o să simtă că se încălzeşte cu totul.

Cassandra tăcu. Îl sărută uşor, apoi închise ochii, visătoare, simţindu-se în al nouălea cer.

Capitolul 7

Emoțiile iubirii

În ziua următoare, Cassandra se trezi în aroma apetisantă a micului dejun, care îi fusese adus de către Alexander.

— Cassandra, iubito, trezeşte-te, o îndemnă, hrănindu-se apoi câteva clipe cu buzele ei dulci.

Ea deschise ochii şi îl privi cu drag, desfătându-se cu sărutul lui.

— Se pare că n-am visat... îi zise ea, zâmbindu-i şi întinzându-şi mâinile.

Suna atât de bine să-l audă vorbindu-i, spunându-i *iubito*, să-l simtă lângă ea.

— Nu, n-ai visat, sau dacă e aşa, înseamnă că trăim acelaşi vis, o făcu Alexander să roşească. Hai să mâncăm acum, altfel trec direct la desert...

— Deja te-ai îmbrăcat... ce rapid eşti, constată Cassandra gustând din mâncare.

— Asta nu va o problemă, dacă vrei să trecem la desert... iar dacă mă ajuţi şi tu, voi rămâne fără ele şi mai repede...

— Cred că ţi-e foame, mănâncă, îi spuse ea, reuşind să zâmbească, fiindcă îi aruncase în abdomen o pernă mică, iar el râdea întruna.

— Foamea de tine e mai specială, prinţeso, recunoscu el mângâindu-i obrazul, făcând-o să

simtă cum i se strânge abdomenul.

Felul în care îi vorbea o atrăgea pe de o parte, dar pe de alta parte o stânjenea.

Mâncară apoi în linişte. Alexander duse farfuriile cu mâncare la bucătărie. Cassandra merse la baie pentru un duş rapid şi revigorant. Îmbrăcă o rochiţă roşie, ar părul şi-l lăsă liber. Era în faţa oglinzii şi se pieptăna când el o cuprinse în braţe din spate.

— Eşti cea mai frumoasă şi atrăgătoare avocată din câte am văzut!

O sărută pe gât, urmărindu-i reacţiile în oglindă.

— Mulţumesc. Şi tu eşti un agent special foarte chipeş, îi întoarse complimentul, închizând ochii şi lăsându-se în voia lui câteva clipe.

Era bine, era atât de bine să-i simtă sărutările fierbinţi şi dulci...

— Cassandra, vreau să te întreb ceva. Ştiu că nu e prea plăcut pentru tine, dar, din pură curiozitate, de ce te-ai despărţit de ceilalţi doi foşti iubiţi?

— Fiindcă pe Drew l-am prins cu altă femeie, iar Chad m-a acuzat că... sunt frigidă şi de aceea nu fac... acel lucru cu el, zise ea ruşinată, dar sinceră.

Ştia că odată şi odată va trebui să-i răspundă la acele întrebări.

— Ce ticăloşi, cum au putut să nu aprecieze o femeie ca tine! Cât despre chestiunea aceea, îi zise Alexander strângând din dinţi şi savurându-i roşeaţa, pot să-ţi spun doar că eşti foarte dulce şi pasională, iubito. Am simţit asta când te-am sărutat şi o simt de fiecare dată când mă apropii de tine, aşa că nu trebuie să-ţi faci griji: eşti minunată şi într-o zi îţi voi demonstra asta aşa cum trebuie, adăugă el, sărutând-o.

Ea îi răspunse, fericită că are o părere atât de bună despre ea.

— Cassandra, am ceva să-ţi spun. Ştiu că te va întrista, dar trebuie să afli, rosti Alexander întorcând-o spre el.

Devenise dintr-o dată foarte serios.

— Spune-mi odată, mă sperii.

— Astăzi este procesul lui Charles, iar eu sunt martor şi trebuie să merg, îi explică el, lipind-o de corpul lui.

— Înţeleg, dar să nu-mi ceri să vin acolo. Nu vreau să-l văd, ci să mă ţin departe de tot ceea ce se întâmplă cu el. Nu mai există pentru mine, înţelegi? îl întrebă ea, punându-şi capul pe pieptul lui.

— Înţeleg şi nu ţi-aş cere să faci ceva împotriva voinţei tale, Cassandra. Am vrut doar să ştii lucrurile astea, o lămuri, mângâind-o pe părul care îi cădea în valuri pe umeri.

— Bine, acum, că amândoi ne-am lămurit, eu trebuie să merg la birou, am multe de făcut, îi spuse ea, sărutându-l.

— Hm, e atât de bine să mă săruţi şi tu prima... Cassandra, când toate astea se termină, noi doi vom merge într-o vacanţă, iubito, avem nevoie de asta, îi promise Alexander printre sărutări. Să mergem, biroul tău e în drum spre tribunal, te las acolo, mai zise el lipind-o de corpul său încă o dată, inspirând aroma ei de trandafiri.

Îl înnebunea cu totul femeia asta, îşi zise, în timp ce conducea. Încerca să fie atent la drum şi să nu-şi mai imagineze tot felul de lucruri în legătură cu ei doi, lucruri senzuale, care îi făceau ca sângele să-i pulseze mai rapid prin vene. Înainte de a coborî din maşină, îi mai dărui un sărut dulce şi fierbinte, umplând-o de gustul lui.

— Ne vedem mai târziu, iubito, îi spuse el, mângâindu-i mâna şi făcându-i cu ochiul.

— Bine, atât reuşi ea să rostească, simţindu-se ca o adolescentă.

Intră apoi în biroul ei mai fericită decât fusese vreodată.

— Zâmbetul ăla se vede de pe lună, draga mea Cassandra, rosti Joy, venind spre ea şi îmbrăţişând-o.

— Serios? Comandă o pizza, avem de vorbit, îi spuse ea fericită, lăsându-şi geanta pe fotoliu.

— Pizza soseşte imediat, îi zise Joy zâmbitoare, luând loc pe canapea. Spune-mi totul. Am citit articolul, e incredibil. Draga mea, după cum arăţi şi zâmbeşti, se pare că ai întâlnit bărbatul potrivit.

Cassandra îi povesti totul, inclusiv partea neplăcută despre Charles. Citi pe faţa prietenei sale cum trece de la o stare la alta. Şi ei i se întâmpla la fel.

— E uimitor... totul e atât de... ah, nici nu găsesc cuvântul potrivit pentru a descrie ceea ce vreau să spun, recunoscu Joy, privind-o cu atenţie.

Cassandra mai luă o felie de pizza.

— Uită-te la tine, şi acum porţi banderola, remarcă Joy. Înseamnă mult pentru tine, nu-i aşa?

— Da, mărturisi Cassandra, emoţionată.

Nici dacă mi-aş dori nu m-aş putea opune sentimentelor mele. Alexander a reuşit să-mi schimbe părerea despre el atât de repede şi să mă schimbe pe mine complet...

— E minunat, draga mea. Trebuie şi meriţi să fii fericită. Mă bucur pentru tine.

— El vrea... a spus că atunci când se termină procesul, vom merge într-o vacanţă.

— Foarte bine, sunt de acord cu el. Ai muncit prea mult în ultima vreme, chiar şi după ce te-ai întors de la spital, iar privirea aia pierdută era din cauza lui, aşa e? Te gândeai la el, chiar şi eu am simţit asta, spuse Joy.

— Aşa e... nu ştiu unde vor duce toate astea, dar vreau să merg înainte pe drumul ăsta. Cassandra zâmbi scurt.

— Aşa îmi place să te aud, draga mea. Fii puternică şi luptă pentru fericirea ta, o îndemnă Joy, zâmbind, la rândul ei.

Expresia feţei i se schimbă brusc, fiindcă în faţa lor apăruse Dean. Veni la ele, o sărută rapid pe obraz pe Joy, apoi o îmbrăţişă pe Cassandra.

— Ce mai faci, Dean? Cu ce ocazie pe aici? îl întrebă, Cassandra aşezându-se din nou pe canapea.

Dean se aşeză lângă ea, în timp ce Joy îi pri-

vea cu ochi trişti.

— Nicio ocazie specială. Cum mi-am găsit timp, am venit să văd ce faci, cum eşti. Ai văzut ziarul de ieri? o întrebă îngândurat.

Dean se servi cu o felie mare de pizza.

— Da, cu siguranţă l-am văzut... îi zise ea zâmbitoare.

— Şi de asta zâmbeşti? Cum poţi să zâmbeşti după tot ce ţi-a făcut... omul ăla? o întrebă el încruntat.

— Omul ăla, aşa cum îi spui tu, a avut motivele lui... îi răspunse Cassandra, visătoare.

— Te-a căutat? Ai vorbit cu el? întrebă Dean pe un ton pretins nepăsător, dar simţind că ceva îl roade pe dinăuntru.

— De fapt, da. Am vorbit cu el şi... am înţeles multe lucruri. De ieri, suntem împreună. Sunt atât de fericită, Dean, îi spuse, bătându-l uşor pe umăr.

— Cum?! exclamă el, înecându-se cu pizza. Cassandra, cum poţi să-l accepţi în viaţa ta, după câte te-a făcut să trăieşti? Eu te-am văzut şi am fost lângă tine după ce te-ai întors acasă şi nu erai bine deloc. Ştii la fel de bine ca mine că bărbatul ăla nu te merită. Aproape că nu mai zâmbeai, prinţeso, şi totul din cauza lui. Până

azi, când te văd atât de zâmbitoare... ce ți-a făcut bărbatul ăla, de te-ai răzgândit în privința lui?

— Dean... dacă nu te-aș cunoaște atât de bine precum cred, aș putea interpreta într-un fel ciudat vorbele tale.

Joy ieși din birou rapid, iar Cassandra îi văzu chipul trist. Bănuia de mai multă vreme ceva în legătură cu sentimentele ei pentru Dean, dar acum bănuiala i se confirma...

— Poate nu mă cunoști chiar atât de bine... În fine, nu mă lua în seamă... Cassandra, tot ce vreau eu e binele tău. Înțelegi? o întrebă el, prinzând-o de mână.

— Înțeleg, dar de binele meu mă ocup eu, în primul rând. Îți mulțumesc că te preocupi de mine, dar sunt bine. Acum chiar sunt bine. Nu știu ce va urma, dar simt că fac ceea ce trebuie, ceea ce îmi spune inima să fac, îl lămuri, ținându-l încă de mână.

— Dacă... dacă se întâmplă ceva ce nu e bine, să nu eziți să-mi ceri ajutorul. Promiți? o întrebă el, cu inima sfâșiată.

— Promit, Dean, îl asigură ea, sărutându-l pe obraz și îmbrățișându-l.

Ușa se deschise, iar Alexander intră cu un trandafir roșu în mână. Cassandra se desprin-

se de lângă Dean şi observă maxilarul încleştat al lui Alexander. Merse la el, iar acesta o luă în braţe, spre bucuria ei, care îi văzu privirea tăioasă de mai devreme. Alexander o sărută rapid pe buze, dându-i floarea, pe care ea o primi cu drag.

— Alexander, acesta este Dean, un foarte bun prieten. Dean, el este Alexander, iubitul meu, zise ea simţindu-se mândră, dar observă cum cei doi se măsoară din priviri.

Îşi dădură mâna rapid, parcă doar de dragul ei, continuând să se privească cu ostilitate.

— Deci, tu eşti cel care a răpit-o, îi zise Dean cu glas ferm.

— Da, eu sunt, spuse Alexander, făcând un pas în faţă şi lipind-o pe Cassandra de el.

— Am să-ţi spun un singur lucru: să ai grijă de ea. Dacă o faci să sufere din nou, vei avea de-a face cu mine, îl avertiză Dean, făcând un pas spre Alexander.

— Iar eu am să-ţi spun tot un singur lucru: asta nu se va întâmpla.

Îi sărutându-i mâna Cassandrei, care asista uimită la dialogul lor.

— E timpul să plec, spuse Dean încruntat. Ai grijă de tine, Cassandra, adăugă el zâmbin-

du-i, apoi îi strânse uşor mâna.

— Voi avea, dar să ai şi tu grijă, îi zise, privindu-l cu drag.

Dean îi făcuse un semn din cap, zâmbi din nou, apoi plecă la Joy, care îl rugă s-o ajute să mute un aparat greu.

— Ce-a fost asta? o întrebă Alexander privind-o cu seriozitate.

— Doar Dean. Aşa e el când vine vorba de mine, poate cam protector. Dar e un bun prieten şi îl apreciez foarte mult, explică ea, luând loc pe canapea.

— Înţeleg, îi zise Alexander înghiţind în sec. Scuză-mă, dar mi se pare că te priveşte cu totul altfel, nu ca pe o prietenă, spuse, aşezându-se lângă ea.

Părea obosit, iar ea îl privea galeş şi ar fi vrut să-l ajute cumva. Se ridică rapid şi începu să-i maseze uşor umerii, iar el închise ochii.

— Chiar te pricepi la asta, îi zise , relaxându-se.

Îi venea... îi venea s-o ia în braţe şi s-o guste, s-o aibă cu totul... Încerca să respire normal, pentru a se linişti. Nu era nici locul, nici momentul pentru astfel de gânduri...

— Mulţumesc, rosti ea, timidă.

Se opri, observând că el respiră mai greu, mai des, şi se aşeză din nou lângă el, prudentă.

— De ce te-ai oprit? Era atât de bine...

Alexander îşi puse capul în poala ei, întinzându-se pe spate, pe canapea.

— Alexander! Poate intra cineva, hai, stai cum trebuie, îi ceru Cassandra, încercând să protesteze.

Nu putea nega însă că îi plăcea felul în care el i se abandona...

Alexander se ridică, nu înainte de a-i privi chipul şi sânii care erau atât de aproape de ochii lui, făcând-o să roşească.

— Alexander, încetează! îl mustră ea.

— Ce-i? făcu el pe inocentul.

— Nu te mai uita aşa la mine.

— Cum? O întrebă, abia reţinându-şi zâmbetul.

— Ştii tu cum... de parcă m-ai devora pe loc...

— Vrei să mint că n-aş face asta? o provocă el, mângâindu-i obrazul.

— Eu... Te rog, spune-mi cum a fost azi... acolo, îl rugă Cassandra în timp ce-şi drese glasul.

— A fost prima şedinţă. Mâine merg din

nou. Aştept cu interes decizia judecătorului, vorbi el cât putu de blând, ştiind că nici ei, nici lui nu-i plăcea subiectul.

— Şi eu. Vreau... să fie pedepsit. Erau zile când îmi doream să fii şi tu acolo, la închisoare, să te fac să suferi aşa cum m-ai făcut şi tu pe mine să sufăr. Dacă ai ştii cât de mult mi-am dorit să te urăsc, să nu te mai las să te apropii de mine vreodată... îi mărturisi ea, plecându-şi privirea.

— Ştiu, prinţeso. Ştiu că nu ţi-a fost uşor, dar am încercat să am grijă de tine atât cât am putut... Îmi pare rău pentru tot, ţi-o spun din nou, dar fii sigură că voi încerca să mă revanşez faţă de tine atât cât mă vei lăsa, cât îmi vei permite să fiu lângă tine. Nu mai putem sta departe unul de celălalt, nu putem să ne minţim că nu ne dorim, că ne suntem indiferenţi unul celuilalt... Lasă-mă să am grijă de tine, o rugă Alexander, luând-o în braţe şi mângâind-o. Hai să mergem acasă, trebuie să ne odihnim. În plus, vreau să-ţi arăt locuinţa mea.

O sărută pe frunte.

Cassandra vru să-şi ia rămas bun de la Joy, dar când îi văzu pe ea şi pe Dean atât de apropiaţi şi concentraţi, îi lăsă un bilet prin care s-o

anunțe că a plecat, apoi merse la bărbatul care îi furase inima.

Drumul trecu repede. Odată ajunși la el acasă, Alexander îi deschise ușa și îi făcu semn să intre.

Cassandra se simțea ca în bârlogul lupului, dar inspiră adânc și păși înăuntru.

— Intră în regatul meu, care de acum e și al tău, prințeso, o invită el zâmbind, apoi o cuprinse pe după talie.

Cassandra zâmbi. Îi plăcea senzația și importanța pe care i-o dădea el. O parte din ea și-ar fi dorit să-l sărute până când... dar alungă repede acel gând și se lăsă purtată de Alexander prin camere.

El îi făcu rapid turul casei, iar ea fu încântată. Totul era aranjat cu gust.

— Alexander, ai în fiecare cameră câte o fotografie cu mine? îl întrebă, simțind o fericire nespusă.

— Da, prințeso, cu cine să am, dacă nu cu tine? îi zise el cu o sclipire jucăușă în ochi, ajungând în fața ușii de la dormitor. Intră, aici e dormitorul meu.

Cassandrei nu-i scăpă zâmbetul lui provocator. Intră și rămase uimită. Culoarea pereților

era albastră, un albastru senin, precum cerul. Avea chiar şi un şemineu, pe care erau expuse diplome şi medalii, iar pe un perete atârna o ramă cu mai multe fotografii cu ea, din diferite perioade ale vieţii ei.

Cassandra ajunse cu privirea în dreptul patului şi se înroşi imediat. Era încăpător şi promitea, parcă, plăceri care nu se pot descrie în cuvinte... Însă gândul că el fusese, poate, cu atâtea femei aici, în dormitorul lui, o făcu să devină serioasă.

— Nu te mai gândi la ceea ce îţi trece prin minte acum, îi ceru el, îmbrăţişând-o.

Cassandra se uită la el uimită. O citea ca pe-o carte deschisă.

— Da, ştiu la ce te gândeşti. N-am mai adus vreo altă femeie aici, în casa mea, în camera asta. Aici e locul tău, doar al tău, prinţesa mea, îi spuse, sărutând-o uşor pe gât şi mângâindu-i mijlocul.

— Alexander... e bine ce faci, dar... nu pot mai mult, nu acum, nu deocamdată... îl rugă, ameţită de efectul pe care îl avea asupra ei.

— Ştiu, iubito, ştiu, dar nu mă pot abţine. Abia aştept să te simt, să te gust, să fac dragoste cu tine, să te fac a mea, doar a mea... eşti fru-

moasă şi minunată, iubito, şi nu m-aş dezlipi de tine deloc, recunoscu el, ridicând-o în braţe şi ducând-o spre patul lui.

— Puteam să vin şi singură, vorbi ea cu un glas tremurând.

Alexander o privi cu intensitate şi îi spuse:

— Ştiu, dar e mai plăcut aşa, să te aduc eu în patul meu... Mai ştii când spuneai că nu vei ajunge niciodată aici? Şi iată unde te afli acum, îi spuse el, privind-o înfometat. Se aşteptă la o replică usturătoare din partea ei, dar nu se putu abţine. Era înfometat de ea şi ştia că nu se va sătura niciodată...

— Ştiu... viaţa e atât de imprevizibilă une-ori... recunoscu Cassandra resemnată, spre ui-mirea lui. Eu nu mai vreau să lupt împotriva ta, nu mai pot şi nu-mi face bine. Vreau doar să mă bucur de tine, de noi, de ceea ce avem... mai spu-se ea, mângâindu-i obrazul.

— Mă bucur. Doar că încă te mai lupţi cu mine, prinţeso. Încă nu te laşi purtată de val

O sărută pe gât, iar ea se întinse, savurând senzaţia.

— Este un timp pentru toate, frumosul meu. Ai doar puţină răbdare, îl rugă emoţiona-tă, iar el zâmbi, fiindcă îi plăcuse alintul.

— Până atunci, vino aici, vino mai aproape,
iubito.

Alexander se lipi de ea şi îi mângâie mâi-
nile, faţa, abdomenul, simţindu-se norocos că o
are lângă el. În extaz, Cassandra zâmbi şi se lăsă
îmbrăţişată şi mângâiată.

— Alexander, îmi arăţi unde e baia, te rog?
îl întrebă Cassandra uşor jenată.

— Sigur că da, haide, îi spuse el, ridicân-
du-se din pat.

Cassandra făcu un duş, descoperind cu bu-
curie gelul ei preferat, iar apoi îşi luă un halat
de baie roşu, pe care îl găsise agăţat în cuier. Era
convinsă că el pregătise toate acele mici surpri-
ze pentru ea şi asta o bucura, mai ales că n-ar
fi vrut să rămână doar în lenjerie intimă în faţa
lui.

— Eşti frumoasă, prinţeso, îi zise el, când
reveni în dormitor.

Ea zâmbi şi merse în patul lui, gândindu-se
cât de ironică poate fi viaţa uneori. Dacă atunci
când îl cunoscuse nu putea concepe ca el să-i fie
atât de aproape, iată ce îi rezervase destinul...
pe ei doi, împreună... idee care acum o încânta
mai mult decât voia să recunoască...

El veni apoi repede lângă ea în pat.

— Noapte bună, prinţeso, îi ură, îmbrăţişând-o.

— Noapte bună, Alexander, îi răspunse ea sărutându-l cu drag, lipindu-se mai mult de el, vrând să-l simtă mai mult, puţin mai mult.

Alexander o sărută cu lăcomie, dar şi cu blândeţe, trezind la viaţă vulcanul care mocnea în ea, vulcan care erupea doar atunci când el o săruta şi o atingea... Era atât de bine să-i simtă pielea pe pielea lui...

Îi scoase încet halatul, astfel că ea rămase doar în lenjerie roşie, şi începu să-i depună sărutări arzătoare pe gât ei, pe sâni, atât cât îi permitea sutienul, lăsându-i impresia că o va devora cu totul... Reveni apoi la buzele ei, înghiţind cu greutate.

Cassandra conştientiza că se topeşte cu totul datorită lucrurilor pe care i le face... Palma lui îi cuprinde uşor un sân. Ea fremătă de plăcere... o făcea să se bucure, să-i placă, să-şi dorească mai mult, tot mai mult, dar ştia că nu poate să-i cedeze, nu atât de devreme...

Alexander veni deasupra ei şi îi mângâie sânii cu blândeţe, prin sutien, în timp ce o asalta cu sărutările lui devoratoare... mâna lui coborâse pe piciorul gol.

Atingerile lui lăsau urme arzătoare, urme pe care doar el i le putea lăsa, urme care i se întipăreau în minte Cassandrei. Respira la fel de greu ca el... O auzi scâncind ușor și se opri. Înțelegea că era semnalul că trebuie să se oprească din explorarea trupului ei, trup care îl înnebunea...

— Am înțeles, iubito, e în ordine, mă opresc.

Ea îl privi recunoscătoare. El o luă în brațe, o mângâie și adormiră îmbrățișați.

Capitolul 8

Îndoiala

În ziua următoare, Alexander merse din nou la tribunal, nu înainte de a o săruta cu pasiune pe Cassandra și de a stabili că se vor vedea cât de curând.

Cassandra merse la birou cu aceeași stare de spirit din ultimele zile. Era fericită și spera ca sentimentul acela să nu dispară. Se ocupa de niște dosare mai simple, căci se pregătea de o vacanță binemeritată alături de Alexander, bărbatul care îi schimbase viața.

O bătaie ușoară în ușă o făcuse să tresară. Era concentrată la ceea ce făcea, când Joy intră în biroul ei și îi aduse un plic.

Cassandra îl deschise și citi o scrisoare scrisă cu litere decupate din ziare:

Cassandra, trebuie să știi adevărul despre Alexander. Din păcate pentru tine, nu ești decât o parte din planul lui de răzbunare împotriva familiei tale. Nu ești decât un pariu pentru el, pariu pe care se pare că l-a câștigat deja. Nu ai idee de cât de mult te urăște bărbatul ăsta. Odată ce vei fi soția lui, te va ucide pentru a rămâne cu averea familiei tale. Chiar crezi că s-a îndrăgostit de tine, așa cum susține? Plănuiește de mult timp lucrurile astea și fiecare mișcare pe care o face. Nu

eşti decât o distracţie pentru el. Dacă ai şti câte femei au suferit de-a lungul timpului din cauza lui... îţi dau doar un exemplu: Alayna Morgan, o faimoasă actriţă, s-a sinucis din cauza lui, fiindcă el i-a înşelat sentimentele, iar ea l-a surprins cu altă femeie. Caută în ziare sau pe internet, vei găsi informaţii despre asta. Alexander Larson nu este şi nu va fi niciodată bărbatul unei singure femei, dar tu nu admiţi lucrurile astea, nu-i aşa? Ai uitat prin ce-ai trecut când i-ai surprins pe Drew şi Chad cu alte femei, când pretextau că au nişte şedinţe târzii? Te întrebi cum de ştiu atâtea. Ei bine, nu-ţi dezvălui decât că un bărbat ca mine ştie totul. Nu vreau decât să-ţi fac un bine şi să te avertizez în legătură cu el. Decizia îţi aparţine, dar ai grijă să faci ceea ce este mai bine pentru tine şi pentru siguranţa ta, înainte de a fi prea târziu...

Cassandra simţi un nod în gât. Scrisoarea nu era semnată. Cine să fi fost expeditorul? În mod sigur, i se transmitea că ar fi mai bine să se despartă de Alexander, iar în acel moment era atât de uimită, încât nu ştia cum să reacţioneze. Căută imediat pe internet informaţii despre cazul relatat în scrisoare, iar informaţiile se do-

vediră adevărate. Totul se întâmplase în urmă cu doi ani, iar presa îl numise pe el autor moral al sinuciderii actriței, mai ales că ea lăsase un bilet prin care îl făcea pe el direct răspunzător de soarta ei.

Cassandra își luă capul în mâini. Nu știa cum să procedeze. În general, anonimele, trebuiau ignorate, dar ceva îi spunea că poate există un sâmbure de adevăr în cele scrise acolo. În mod normal, ar fi trebuit să anunțe poliția, dar Alexander era agent special CIA și se temea că poate acest lucru ar fi influențat cumva lucrurile.

O oră sau două, Cassandra se tot gândi la ceea ce avea de făcut. Într-un sfârșit, trase concluzia: avea să se despartă de Alexander și să-l împiedice să-și ducă planul la bun sfârșit. Nu avea de gând să moară din cauza lui, indiferent sub ce formă. Intenționa să uite, să-l uite și să-și continue viața ca până atunci, așa cum o făcuse și în urma descoperirii infidelității celor doi foști iubiți.

În mod sigur, nu avea noroc la bărbați. Oare chiar nu exista în lume unul potrivit și pentru ea? Și când se gândea câtă încredere avuse în Alexander... Sperase la ceva cu adevărat frumos

între ei, îl lăsase s-o atingă, atât cât îi permise-se, oricum era mult pentru ea, s-o sărute în felul acela care o topea şi o făcea să uite de raţiune... I se strânse inima...

Gândurile îi fură întrerupte de soneria te-lefonului. Pe ecranul aparatului apăru chipul lui zâmbitor, un zâmbet care o topise şi o înşelase.

Cassandra ignoră apelul, şi pe cele care ur-mară, dar primi mai târziu un mesaj:

De ce nu răspunzi prinţeso? S-a întâmplat ceva? Sper că nu te-am supărat în vreun fel. Dacă e vorba despre seara trecută, când poate am cam întrecut măsura, îmi cer scuze, dar vorbeşte cu mine, te rog... nu mă ignora, iubito.
Te sărut! Alexander

Cassandrei îi veni să arunce telefonul pe geam. Ştia că poate era cam impulsivă în acel moment, dar ieşi rapid din birou, spunându-i prietenei ei să-i anuleze toate întâlnirile, şi mer-se acasă.

Joy o privise uimită, dar nu spuse nimic. Cassandra era atât de hotărâtă, iar când era aşa, nimeni şi nimic nu o putea scoate din starea ei.

Voia să fie singură, să se gândească la ceea ce avea de făcut mai departe.

Îi trimise un mesaj lui Alexander, scriindu-i că are nevoie de o pauză şi îl roagă să n-o mai caute câteva zile, până când îl va căuta ea.

Cassandra primi un alt mesaj de la el, prin care îi spunea că are la dispoziţie o zi de pauză, după care o va căuta din nou. N-avea de gând s-o lase să se îndepărteze de el, s-o piardă. Cuvintele lui o făcură să lăcrimeze de frustrare, de neputinţă, de dor, de suferinţă. Alexander încerca s-o mintă în continuare, iar ea ştia acum şi de: banii familiei ei.

După ce făcu un duş, se întinse în pat şi dădu frâu liber lacrimilor care nu mai puteau fi oprite. Fusese atât de naivă, încât să creadă că un bărbat ca el o putea iubi pentru cine era, şi nu pentru bani. Se gândea la siguranţa, dar şi la viaţa ei, iar gândurile i se amestecau. Luă în considerare şi ideea mutării în alt oraş sau chiar altă ţară, totul pentru a fi cât mai departe de Alexander, însă ştia că el ar putea s-o găsească oriunde, doar avea toate resursele pentru asta. Nu putea decât să rămână şi să încerce să se despartă de el într-un mod civilizat, urmând

ca el să găsească altă femeie pe care s-o păcălească. Era conştientă că Alexander o va căuta şi va încerca s-o convingă să nu se despartă de el, dar mai ştia şi că trebuie să fie suficient de puternică încât să-i reziste, să nu se lase păcălită de el, de vorbele lui, de sărutările şi de mângâierile lui, lucruri de care unei părţi din ea îi era deja dor...

Se răsuci în pat toată noaptea, încercând să adoarmă. Parcă era urmărită, îi vedea chipul peste tot, în visele, dar şi în coşmarurile ei, iar vocea şi cuvintele lui îi răsunau în minte. La un moment dat, se întinse să-l mângâie, dar patul era gol. Îşi retrase mâna ca arsă, înciudată pe ea însăşi. El voia s-o ucidă, iar ea se purta ca o prostuţă îndrăgostită. Era ca şi cum Alexander îi intrase în minte şi în suflet şi şi-ar fi presărat magia asupra ei, un truc prin care să se asigure că nu-l va uita.

În patul lui, Alexander trăia aceleaşi stări. Nu-şi explica atitudinea ei, motivul pentru care îl îndepărta, dar avea gânduri pentru ziua care urma, planuri prin care s-o facă să renunţe la împotrivirea şi la încăpăţânarea ei. O voia aproape de el, în braţele lui, în patul lui sau al ei, nu conta, numai să fie împreună. Voia s-o atin-

gă, s-o sărute, s-o vadă lângă el, să facă dragos-
te cu ea, să fie mereu împreună şi să se bucure
unul de altul pentru totdeauna. Ea îl atrăgea aşa
cum nu-l mai atrăsese vreodată altă femeie, cu
timiditatea ei, cu seriozitatea ei, cu tot ce era ea,
cu trupul ei dulce, cu inima pe care voia s-o câş-
tige... o voia cu totul, doar pentru el.

A doua zi, Cassandra merse la birou pentru
o ultimă zi de lucru, căci avea de gând să ple-
ce în vacanţă. Singură. Se hotărâse în privinţa
asta şi în mai multe. Nimic nu o putea face să se
răzgândească.

— Pot să intru? auzi, la un moment dat.

— Da, zise Cassandra, uşurată că vocea era
a lui Joy.

— Ţi-am adus ziarul de azi. Eşti bine? Arăţi
cam tristă azi, de fapt, de ieri nu mai ai străluci-
rea aia din privire. S-a întâmplat ceva?

— Nu, nimic important. Am aflat că azi se
dă verdictul în procesul lui Charles, răspunse
Cassandra cu tristeţe. Încă nu pot să cred ce a
fost în stare să facă...

— Vei fi bine, draga mea, ştiu asta. Mereu ai
fost puternică, iar acum ai pe cineva în preajma
ta care are grijă de tine, îi spuse ea, zâmbitoare.
A! Ai primit asta. Eşti invitată la ziua de naştere

a judecătorului John Ashton, mentorul tău.

— Frumos din partea lui că s-a gândit la mine, zise Cassandra, zâmbind.

Nu avea deloc o stare potrivită pentru vreo petrecere, dar nu putea să refuze invitaţia. Judecătorul Ashton o ajutase şi o îndrumase de-a lungul carierei, mai ales la început, iar ea aprecia foarte mult acest lucru.

— Când e petrecerea?

— Astăzi, la ora 19:00, la el acasă, citi Joy de pe invitaţie.

— Joy... spune-mi, cum merg lucrurile între tine şi Dean? Şi nu nega, ştiu că îţi place şi mă bucur, e un bărbat minunat, îi spuse ea zâmbind.

— Eu... păi... De fapt, ştii şi tu prea bine că eu nu exist pentru el. Altcineva îi ocupă gândurile şi inima...

— Serios? Atunci fă ceva în privinţa asta, vreau să te văd fericită, o îndemnă Cassandra, îmbrăţişând-o.

— Nu pot lupta împotriva ta, Cassandra. Tu eşti cea la care visează de atâta timp şi nu-mi spune că nu ţi-ai dat seama, îi zise Joy, lăsându-se îmbrăţişată.

— Eu? Nu cred, trebuie să fie o confuzie, ţi se pare, cu siguranţă. Ştii prea bine că el pentru

mine nu e decât un foarte bun prieten, nu-i aşa? o întrebă, aşezându-se pe canapea şi luându-şi de mână prietena.

— Ştiu ce simţi pentru el, dar şi ce simte el pentru tine. Se vede în felul în care te priveşte şi vorbeşte despre tine. Se luminează când apari. Doar eu observ toate astea? îi zise Joy, trecându-şi o mână prin părul roşcat.

— Sper să nu fie aşa cum spui tu. Dar, dacă e aşa, va trebui să faci ceva să-l cucereşti şi apoi să fiţi împreună. Aţi fi minunaţi amândoi.

— Ştii ceva? Aşa voi face, hotărî Joy entuziasmându-se dintr-o dată. Mulţumesc pentru încurajări, draga mea prietenă. Pornesc chiar acum în misiunea asta de cucerire. O seară frumoasă, Cassandra!

— Mulţumesc, draga mea Joy. De mâine, te ocupi tu de treburi, eu îmi iau vacanţa binemeritată.

— Stai liniştită, am eu grijă de toate. Du-te şi distrează-te cu frumosul tău Alexander, o sfătui Joy, nebănuind ce stare îi provoacă prietenei sale cu acele cuvinte.

— Trebuie să plec acum, să mă pregătesc pentru petrecere, spuse Cassandra ridicându-se de pe canapea. Ai grijă de tine, Joy şi să fii

fericită! Ne vedem peste o săptămână!

— Şi tu la fel! Vacanţă frumoasă să ai, să aveţi! îi ură Joy veselă.

Cele două prietene se mai îmbrăţişară o dată, apoi Cassandra porni spre casă.

Împachetă, apoi făcu un duş şi se pregăti pentru petrecerea judecătorului, ignorând telefonul care vibra în acel moment, aşa cum vibrase toată ziua. Ştia cine o sună şi nu avea dispoziţia necesară pentru a vorbi cu el. Nu voia să-i dea ocazia s-o inducă în eroare din nou cu vorbele lui înşelătoare.

Se privi în oglindă şi se admiră. Îi plăcea cum arată în rochia roşie lungă. Părul îi stătea liber, iar la gât avea un lănţişor cu un pandantiv în formă de lacrimă aurie. Îşi luă geanta şi merse în stradă, unde o aştepta un taxi pe care îl comandase mai devreme.

Odată ajunsă la casa judecătorului Ashton, Cassandra văzu multă lume, aşa cum era de aşteptat. Totul arăta atât de strălucitor, datorită luminilor care erau agăţate peste tot, în casă, în grădină. Îi văzu şi pe cei care aveau datoria de a-i păzi pe invitaţi. În timp ce mergea spre judecătorul Ashton, o zări pe soţia acestuia, cu care se opri de vorbă câteva minute.

Cassandra fu invitată să guste din diversele feluri de preparate care fuseseră gătite special pentru acea ocazie, dar refuză politicos, deşi nu mâncase de dimineaţă. De vreo două zile, spre nefericirea ei, nu avea pofta de mâncare.

Ajunse apoi lângă judecător, şi îl felicită cu ocazia aniversării lui. El o îmbrăţişă cu drag.

— Domnişoară Daniels!

Cassandra se auzise strigată şi se întoarse în direcţia de unde se auzea vocea respectivă.

— Da, ce este? zise ea curioasă.

— Prezenţa dumneavoastră este solicitată afară. Vă rog să veniţi cu mine, îi spuse un tânăr îmbrăcat în costum, care se ocupa de siguranţa celor prezenţi acolo.

Cassandra îl urmă într-o încăpere goală.

— Aşteptaţi aici, vă rog. Şeful meu va veni imediat să vorbească cu dumneavoastră, e doar o chestiune de rutină, nu aveţi motive de îngrijorare, îi zise tânărul, văzând că ea era tot mai agitată.

Cassandra luă loc pe scaun şi aşteptă. Abia aştepta să se termine petrecerea şi să meargă acasă. Trebuia să se odihnească, fiindcă mâine pleca la drum lung, spre destinaţia ei de vacanţă preferată, casa de vacanţă a părinţilor ei. Fusese

acolo de nenumărate ori şi se simţise bine de fiecare dată. În mod sigur, acela era locul potrivit în care să-şi refacă forţele pentru a putea reveni apoi la birou şi la cazurile care o aşteptau.

După câteva minute, uşa se deschise, iar în încăpere intră Alexander, care avea o privire pe care ea nu i-o putea interpreta. Îşi simţea inima bătându-i cu putere, dar încercă să se calmeze.

— M-ai evitat destul, Cassandra, sau mai vrei să stăm separaţi? o întrebă el.

Ajunse lângă ea din câţiva paşi.

— Ce cauţi aici? îl întrebă uimită.

Camera se făcea tot mai mică şi până şi aerul nu-i mai era suficient.

— Ţi-am lăsat o zi la dispoziţie, acum e timpul să-mi spui ce s-a întâmplat de s-au schimbat lucrurile între noi, îi ceru el, privind-o de parcă ar fi vrut s-o hipnotizeze cu totul.

— Alexander... m-am gândit mult zilele astea şi cred că totuşi nu ne potrivim. Nu e mare lucru, voiam doar să găsesc o modalitate civilizată prin care să-ţi spun că eu nu... că noi nu putem fi împreună, îi explică ea, impunându-şi să-l privească în ochi.

— Şi care ar fi motivele care te-au făcut să ajung la concluzia asta? îi zise el, apropiindu-se

tot mai mult de ea, zâmbind şi fixând-o din priviri.

Se aşeză pe scaun şi o privi ca un animal care aşteaptă să-şi devoreze prada. Mai era şi îmbrăcat în costum, el fiind şeful celor care se ocupau de siguranţa tuturor invitaţilor, dar şi de cea a familiei judecătorului. Arăta impunător nu numai prin vestimentaţie, dar şi prin atitudine şi frumuseţe. Cel mai rău pentru Cassandra, era conştient de farmecul său şi de efectul pe care îl avea asupra femeilor în general, dar mai ales asupra ei.

Ea încercă să rezume tot ceea ce simţea în fraze cât mai scurte. Voia să se vadă plecată de acolo şi departe de el.

— Nu am multe explicaţii de dat. Trebuie doar să accepţi refuzul meu. Viaţa continuă, iar noi putem rămâne în relaţii amicale. Acum, dacă mă scuzi, trebuie să mă întorc la petrecere... îi zise, simţind că roşeşte, în ciuda stăpânirii de sine pe care şi-o impuse.

Se îndreptă apoi spre uşă.

— Ăsta e răspunsul tău final? o întrebă el, ridicându-se de pe scaun şi încrucişându-şi braţele.

— Da, nu are rost să insistăm în ceva ce

nu are niciun viitor. De fapt, am constatat că nu sunt pregătită să încep o nouă relație atât de curând. Știi că am mai trecut prin două relații care nu s-au terminat bine și, deocamdată, prefer să mă concentrez asupra altor lucruri.

Se opri în dreptul ușii, încercând să-și ia ochii de la el. Se mustra în gând că nu prea reușește.

— Bine, atunci, dacă tu vrei să renunți la mine, la noi, fie. Dar eu nu am de gând să fac asta. Nu renunț la tine, Cassandra. Și, dacă tot vrei să te desparți de mine, vino aici și dă-mi un ultim sărut, așa se procedează, nu? În amintirea a ceea ce a fost...

Alexander ținu ușa, pentru ca ea să nu o poată deschide.

— Chiar trebuie să facem un lucru atât de inutil? Ăsta nu e un comportament matur din partea ta, să știi, și chiar aș vrea să plec, protestă ea, respirând tot mai greu.

Nu găsea puterea să se miște.

— E doar un sărut de rămas bun, Cassandra. De ce ți-e teamă, sunt sigur că poți să suporți asta din partea mea, o provocă el, cuprinzând-o de mijloc cu brațele lui puternice și privind-o cu înflăcărare, conștient de privirea ei

uimită şi temătoare.

Cassandra ştia că el nu o va lăsa în pace până nu o va săruta. Nu avea decât să scurteze momentul cât mai mult posibil, iar apoi să plece, să fie liberă...

— Bine, fă-o odată, apoi lasă-mă să plec, acceptă ea serioasă, impunându-şi să nu închidă ochii.

Nu voia să mai dea dovadă de slăbiciune faţă de el. Alexander zâmbi rapid şi se apropie de buzele ei, pe care le sărută la început mai uşor, iar apoi tot mai pofticios. Orele în care nu-i mai simţise gustul spuneau totul despre felul în care o săruta acum.

— Nu aşa, Cassandra, sărută-mă şi tu, o îndemnă Alexander simţind că ea îşi ţine buzele strânse şi că îl respinge. Am să te ţin aici toată noaptea, dacă nu primesc un sărut real de la tine. Fii sigură că sunt în stare de asta, îi mai zise el lipind-o de uşă, după care îi sărută rapid umărul, dându-i breteaua rochiei la o parte.

— Nu ai îndrăzni să faci asta! Judecătorul şi toţi ceilalţi se vor întreba unde am dispărut. Nu-mi stă în obicei să dispar aşa, fără să spun vreun cuvânt, îi spuse ea vrând să-l descurajeze, simţind arsura buzelor lui pe umărul ei.

— Vrei să mă pui la încercare? o întrebă el, provocator.

Ea tăcu şi rămase ţintuită de uşă, simţin-du-i corpul puternic lipit de trupul ei firav. În-chise ochii în clipa în care el o sărută din nou, încercând să nu se mai lase atrasă în jocul lui, ceea ce era dificil, fiindcă se simţea dominată, de parcă ar fi chemat-o spre el cu toată fiinţa.

Indiferent de ceea ce s-ar fi întâmplat în vi-itor cu ei, ea nu va putea să uite toate astea, şi nici felul în care corpul ei reacţiona la al lui, de parcă el ar fi fost un magnet. Vârful limbii lui îi întredeschise buzele, iar ea îl simţi explorând-o, aşa cum o făcuse de atâtea ori, în timp ce el îi luă mâinile şi i le puse pe pieptul lui, făcând-o să simtă felul în care îi bătea inima. Îi mângâie mijlocul, urcând periculos de mult spre părţile care ştia că ar fi fost cele mai sensibile dacă le-ar fi atins.

Cassandra se simţise apoi luată în braţe. Alexander se aşeză pe scaun, aşezând-o deasu-pra lui, în timp ce o săruta întruna, ca şi când nu mai erau decât ei în clădirea aceea. O topi cu totul, apoi o ridică uşor de pe el, în ciuda a ceea ce îşi dorea de fapt.

— Spune-mi că nu simţi toate astea, tot

ceea ce îmi faci, tot ceea ce îţi fac, tot ceea ce ne facem unul altuia... să te gândeşti la ele atunci când vei fi singură în patul tău, acolo unde spui că nu mă vrei, prinţeso, iar dacă te răzgândeşti, ştii unde să mă găseşti... îi zise Alexander, abia respirând din cauza dorinţei pe care o simţea pentru ea.

Cassandra nu reuşi să spună niciun cuvânt şi, jenată, fugi din încăpere înainte ca lucrurile să scape cu totul de sub control. Mai reuşi să-i surprindă o ultimă privire, una care o urmărea înainte de a o lua la fugă de acolo.

Încercă să se adune, să respire normal, deşi în acele momente i se părea atât de greu... merse apoi înăuntru, la judecător, îşi luă rămas bun şi plecă. Avu ghinionul să-l vadă la ieşire, în faţa porţii, dând indicaţii oamenilor lui. Ar fi vrut să iasă prin altă parte, dar nu era pe unde. Trebuia să treacă pe lângă Alexander.

— Pleci aşa de repede? o întrebă el privind-o cu atenţie, iar ea îi zări surâsul menit s-o provoace, s-o enerveze.

— Da, îi zise ea bucuroasă că nu era singură cu el acolo, afară, însă bucuria ei dură puţin, căci Alexander îi făcu semn colegului său să plece, iar acesta se conformă.

— Noapte bună, domnişoară avocat. Şi vise plăcute, îi spuse Alexander zâmbindu-i larg, conştient de stările prin care trecea ea. Sper să ne mai vedem totuşi, aşa amical, doar suntem doi buni prieteni, nu? adăugă el trecându-şi mâna peste braţul ei gol şi făcând-o să tresară.

— La revedere, Alexander, salută ea în grabă, apoi plecă, conştientă că el o urmărea cu privirea.

Casandra spera să găsească un taxi în staţie. Se opri când auzi paşi în spatele ei. Alexander venea spre ea.

— Nu crezi că ai uitat ceva? o întrebă el, relaxat.

— Ce anume?

— Asta, o lămuri el, înfăşurându-i în jurul gâtului eşarfa pe care ea o uitase acasă la judecător.

— Da... uitasem de ea, mulţumesc, dar o puteam primi înapoi şi pe alte căi, nu trebuia să te deranjezi să mi-o aduci, îi spuse, înghiţind cu noduri.

Prezenţa lui o făcea parcă să uite de tot şi de toate.

— Nu e nici o problemă. Ai cu ce să mergi acasă sau vrei să te conduc eu? Doar te duc aca-

să, nu te mai uita aşa, îi zise el şiret, văzându-i ochii mijiţi.

— Mă descurc, mulţumesc, îi spuse ea simţind că vrea să se îndepărteze de el. În plus, trebuie să rămâi, la petrecere, poate e nevoie de tine.

— Am lăsat deja un înlocuitor, nu e nicio problemă, îi explică el, concentrat să-i aranjeze eşarfa.

Cassandra îi dădu mâinile la o parte de pe ea.

— Doar pentru că nu am la cine să apelez acum, la ora asta târzie, voi accepta ajutorul tău, dar atât. Dar nu faci altceva decât să duci acasă, ai înţeles?

— Bineînţeles, doar la ce sunt buni prietenii? zise Alexander, privind-o cu atenţie. Hai să mergem.

O luă de braţ, iar ea îl urmă gândindu-se că, ajunsă odată acasă, şi îşi va reveni de sub vraja lui. Alexander îi deschise portiera şi îi făcuse semn să intre în maşina lui. Cassandra se simţi de parcă ar fi intrat în gura unui leu, dar cel puţin ştia că avea să ajungă teafără acasă. Măcar la atât mai putea să se aştepte de la el. Încercă să se uite la drum, pe geam, oriunde, dar nu la el.

Nu putea să mai trezească admirându-l, trebuia să fie cât mai distantă.

— Nu mai vrei să vorbeşti cu mine? o întrebă el, privind-o rapid în timp ce conducea.

Ea îşi căută o scuză pentru a evita o discuţie:

— Sunt prea obosită.

— Nici măcar n-ai dansat la petrecere, cum de-ai obosit atât de repede? o provocă el.

— De unde ştii că n-am dansat? îl întrebă ea uimită.

— Sunt camere peste tot în casa judecătorului, în curte şi prin împrejurimi. Camerele alea trebuiau supravegheate de cineva...

— Şi nu ai avut altceva mai bun de făcut, decât să mă urmăreşti pe mine? se indignă ea.

— Nu doar pe tine, pe toată lumea. În plus, nu mai era altă femeie în rochie roşie pe acolo, tânără şi frumoasă pe deasupra, o lămuri, el făcând-o să ridice o sprânceană neîncrezătoare.

— Sunt convinsă că am mai văzut nişte femei atrăgătoare pe acolo, îi zise ştiind că nu minte.

— Dacă zici tu... însă niciuna nu era la fel de atrăgătoare şi dulce ca tine, îi spuse el, făcându-i inima să bată mai repede.

— Încetează! Nu ştii cum sunt eu, aşa că nu-ţi poţi exprima o părere. Şi nici nu mă mai interesează asta acum, îi zise ea, roşie la faţă de nervi.

— Poate că nu te cunosc în întregime, dar ceea ce ştiu deja îmi e de ajuns, prinţeso, îi spuse Alexander, înfiorând-o cu privirea lui cercetătoare, apoi trase pe dreapta. Am buzele uscate deja, adăugă el, bând apă dintr-o sticlă în timp ce o privea, iar ea roşise, fiindcă ştia că el face aluzie la faptul că ar mai săruta-o, că nu se mulţumea cu sărutul lor de mai devreme.

Observând că ea era uşor panicată, porni din nou maşina şi porni spre casa ei, dorindu-şi ca drumul să nu se mai sfârşească, sau să se termine mai repede şi s-o ducă în casă, în pat, unde să facă ceea ce se gândea atunci când venea vorba de Cassandra... Nu-şi explica schimbarea ei de comportament în ceea ce îl privea, dar ştia că nu va accepta s-o ştie departe de el, în braţele altui bărbat. Doar gândul acela îl enerva, în timp ce gândul la ea îi aprindea simţurile...

Într-un sfârşit, cei doi ajunseră în faţa casei Cassandrei.

— Mulţumesc, Alexander. Noapte bună! Îl salută, deschizând portiera maşinii.

— Cu plăcere, noapte bună, ai grijă de tine, Cassandra, îi spuse el, lăsând-o să plece deocamdată.

Trebuia s-o lase să se liniştească şi la fel trebuia să facă şi el, înainte să coboare şi să dea curs imaginaţiei lui, care nu-l mai lăsa să gândească în preajma ei.

Cassandra îi observă privirea. Nu ascundea nimic bun, dar măcar el nu o mai intimida cu acţiunile lui.

Făcu un duş şi se culcă, încercând să nu se mai gândească la nimic, însă nu reuşi, căci amintirea cu ei doi sărutându-se mai devreme avea efectul dorit de el. Avea să dureze până când el nu va mai avea niciun efect asupra ei. Dar trebuia să iasă de sub vraja lui. Cu aceste gânduri, adormi mai târziu decât ar fi vrut.

Alexander nu putea nici el, la rândul lui, să adoarmă. Gândul la ea îl înnebunea. Ar fi vrut să se ridice din pat şi să meargă acolo unde îşi dorea să fie... Era hotărât să nu renunţe la ea. Ştia că nu va putea fi fericit cu adevărat fără ea şi, în ciuda împotrivirii ei, o va face să se răzgândească şi să înţeleagă că ei doi sunt făcuţi unul pentru celălalt.

Capitolul 9

Dragostea învinge

A doua zi, Cassandra se afla în maşină, în drum spre cabana părinţilor ei. La radio auzise ştirea conform căreia senatorul Charles Daniels fusese condamnat la închisoare pe viaţă, iar asta o făcuse să strângă volanul mai tare în mâini.

Ştirea aceea o afecta totuşi, într-o oarecare măsură. Se pare că era o ghinionistă în ceea ce priveşte familia şi relaţiile, iar singurul lucru care era cu adevărat al ei era cariera. Îşi zise că, poate, vreodată, îşi va da şansa de a iubi, dar nu va mai fi la fel, nu va mai putea simţi pentru alt bărbat ceea ce încă simţea pentru Alexander.

Nu-i rămânea decât să se resemneze cu gândul că şi el, la fel ca mulţi alţii, era doar un chip frumos, dar înşelător, dispus să facă orice pentru a-şi atinge scopurile deloc nobile, care nu includeau sentimentele.

Pentru a treia oară, Cassandra căzuse în capcana unui bărbat, dar aceasta era cea mai urâtă dintre ele. Măcar ceilalţi doi, Drew şi Chad, nu încercaseră s-o ucidă. Alexander se pare că asta avusese de gând. Se simţea trădată şi dărâmată, cel puţin psihic. Trebuia să înceapă să gândească din nou cu maturitate şi să lase iluziile la o parte.

Cassandra ajunse în sfârşit la cabană, după câteva ore obositoare de condus. Înainte de a coborî din maşină, îşi verifică telefonul şi văzu un mesaj de la Joy, care îi scria că totul e în regulă la birou şi să se distreze, doar era în vacanţă. Un zâmbet îi lumină chipul. Se bucura că există în viaţa ei măcar o persoană sinceră. Desigur, mai era şi Dean, cel care fusese mereu alături de ea. Se simţea bine avându-i ca prieteni devotaţi şi spera ca cei doi să fie, odată şi odată, împreună.

Coborî din maşină şi-şi duse bagajele în cabană pe rând, făcând mai multe drumuri. Ajunsă în faţa uşii, se opri câteva secunde ca să se odihnească şi inspiră adânc aerul proaspăt şi răcoros de munte. Ştia că făcuse cea mai bună alegere pentru vacanţa ei, pentru relaxare. Cabana era locul în care se simţea cel mai bine, unde ştia că se va regăsi şi îşi va reveni în urma întâmplărilor dureroase din ultima vreme.

Înăuntru, constată bucuroasă că focul era aprins deja. Ştia deja cine se ocupase de lucrul acesta. Abia aştepta să-l revadă pe Felix Bloom, cel care avea grijă de cabană în lipsa ei şi a familiei ei. El era o altă persoană dragă Cassandrei, cineva pe care îl cunoştea încă din copilărie, o persoană demnă de toată încrederea ei.

— Felix! exclamă Cassandra, bucuroasă de revedere, îmbrățișându-l pe bărbatul care stătea pe fotoliu și privea focul, așteptând venirea ei.

— Micuțo, ai ajuns în sfârșit, îi spuse el, luând-o în brațe.

Cassandra râse. Îi spunea „micuțo", chiar dacă ea nu mai era așa, și asta o înveselea de fiecare dată.

— Îți mulțumesc că te-ai ocupat de toate pe aici, îi zise, așezându-se pe fotoliul de lângă al lui.

O privire rapidă prin jur îi spunea că totul rămăsese neschimbat, ca pe vremea când venea cu familia, în copilărie. Desigur că erau incluse și facilitățile moderne: televiziunea, baia și telefonul, dar cabana își păstrase aer rustic și montan atât de prețios pentru ea.

— Știi că e plăcerea mea. Îți doresc să ai parte de relaxare aici, așa cum aveai odată, îi ură Felix strângând-o ușor de mână, iar ea știa exact la ce se referă.

O umbră de tristețe trecu peste chipurile amândurora, dar, până la urmă, Felix zâmbi.

— Mulțumesc frumos, Felix. Și eu îmi doresc același lucru.

— Micuţa mea, ai aici tot ce-ţi trebuie pentru o săptămână: provizii, alimente, generatorul funcţionează, l-am verificat. Îmi pare rău că mâine va trebui să mergi până afară după lemnele din magazie, deja tăiate, dar, din câte ştiu, te descurci cu treaba asta.

— E în ordine, am mai făcut astfel de lucruri, îl asigură ea, zâmbindu-i.

— Micuţa mea, eu trebuie să plec. Dacă ai nevoie de ceva, să mă suni. Atenţie, să nu mergi prea departe de cabană, se anunţă căderi abundente de zăpadă şi n-aş vrea să rămâi blocată pe undeva, prin munţi. Stai aici şi relaxează-te, doar pentru asta ai venit, îi zise Felix, ridicându-se. Să ai grijă de tine, Cassandra, şi ţine minte, sunt la câteva case distanţă, dacă ai nevoie de ceva, adăugă el, îmbrăţişând-o din nou.

— Mulţumesc, dar aş fi vrut să mai stai. Ştii că apreciez compania ta, îi spuse ea, recunoscătoare.

— Voi mai trece pe aici, micuţo. Acum te las să te odihneşti

Felix plecă. Ea privi lung în urma lui, apoi îşi duse bagajele în dormitor, urmând să despacheteze mai târziu. Era extenuată şi avea nevoie de un duş care s-o învioreze. Se uită pe geam şi

văzu că ninge tot mai mult — şi tot mai frumos.

Merse apoi la baie şi se relaxă cu aromele ei preferate, arome care îi bucurau simţurile.

Îmbrăcă luă un halat şi îşi uscă părul. Când termină, se îndreptă spre uşă, auzi soneria.

— E deschis, poţi să intri, zise ea, crezând că Felix uitase ceva.

Cassandra alegea ce haine să poarte, căci era încă în halat.

— Chiar ai crezut că îţi vei petrece vacanţa singură şi te vei putea ascunde de mine, prinţe-so?

Cassandra tresări şi se uită în direcţia de unde se auzea vocea aceea masculină. Ştiu deja cui îi aparţinea. Alexander se afla în faţa ei, cu nişte bagaje aşezate lângă el, având o privire care nu prevestea nimic bun.

Cassandra se înroşi imediat. Nu suporta faptul că el avea efectul ăsta asupra ei, mai ales că era doar în halat, iar el o analiza din cap până în picioare, făcând-o să se intimideze. Pe deasupra, arăta foarte bine, ca de obicei, de altfel. Era îmbrăcat în negru: giacă şi blugi care îi scoteau în evidenţă vigoarea bărbătească.

Închise ochii şi încercă să fie cât mai dis-tantă:

— Bună ziua şi ţie. Ce cauţi aici şi cum ai aflat unde sunt?

Încercând să respire normal, amintindu-şi de anonimă şi de planurile lui în legătură cu ea.

— Am de gând să petrecem vacanţa împreună, aşa cum am stabilit zilele trecute, înainte să mă scoţi din viaţa ta, îi zise el, mijind ochii.

— Nu poţi rămâne aici. Ar trebui să pleci imediat, se anunţă căderi de zăpadă şi nu vrei să rămâi blocat aici, îl avertiză ea, fixându-l cu privirea.

— Dacă te-ai uita pe fereastră, ai vedea că deja e prea târziu. Ninsoarea a blocat drumul de acces în oraş. Se pare că nu ai de ales, prinţeso. Vom rămâne aici, amândoi, timp de o săptămână, şi nu poţi face nimic în privinţa asta. Şi, oricum, indiferent de vreme, n-aş fi plecat, îi zise Alexander venind spre ea, lăsând-o fără glas. Deci, unde îmi las bagajele? o întrebă el cu o voce senzuală, în timp ce mâinile lui îi cuprindeau şoldurile, lăsându-i Cassandrei o senzaţie de căldură.

— Din partea mea, la uşă. Dă-mi drumul, îi zise cu glas răguşit, îndepărtându-i mâinile de pe ea. Sună la salvamont sau fă ceva, orice, dar aici nu rămâi, mai spuse ea tăios, furioasă

pe sine însăşi, fiindcă simţea trădarea corpului ei în apropierea lui, lucru pe care el nu-l merita.

— Nu e semnal, minţi Alexander, privindu-şi telefonul cu interes prefăcut. Ascultă, Cassandra, putem face asta cu frumosul sau nu, dar eu rămân aici, cu tine, şi am încheiat subiectul, mai spuse el, îndreptându-se spre dormitor.

— Unde crezi că mergi, nu poţi da buzna aşa, în casa unui om... îi zise ea uimită

— De când te cunosc, am realizat că lucrurile nu pot fi făcute doar aşa cum trebuie. Uneori trebuie să le forţezi pentru a ajunge la rezultatul dorit, îi spuse el, făcându-i cu ochiul şi intrând în dormitor.

Cassandra era mută de uimire. Se duse furioasă la baie pentru a se schimba şi încuie uşa, din precauţie. Spera ca el să nu fie atât de hotărât, încât s-o sperie intrând peste ea. Respiră uşurată, căci nu-l auzise venind spre baie.

Ieşise după câteva minute şi se îndreptă în bucătărie, răvăşită. De parcă nu-i era de ajuns că se simţea îngrozitor, mai trebuia şi ca el să vină aici.

Alexander venise după ea şi se aşeză pe scaun. Arăta obosit şi parcă nu era în apele lui, observă ea cu o urmă de compătimire.

— Ştii despre verdictul acordat în cazul lui Charles, nu-i aşa? îi zise el privind-o preocupat.

— Da, ştiu, şi nu vreau să vorbesc despre asta, îi spuse Cassandra, turnându-şi ceai într-o cană. Vrei şi tu? îl întrebă, încercând să respecte bunele maniere.

— Da, mulţumesc, îi răspunse el punându-şi palmele pe masă.

Cassandra se aşeză pe scaun şi încercă să bea ceaiul, dar nu-l mai putu savura cum trebuie. Prezenţa lui acolo o copleşea şi nu ar fi vrut să-i acorde prea multă importanţă, însă inima ei bătea cu rapiditate, nelăsând-o să se concentreze. În mod sigur avea să fie o săptămână grea. Se aştepta ca el s-o supună unor întrebări chinuitoare.

— Cassandra, ascultă, trebuie să vorbim, nu putem continua aşa.

— Am crezut că am fost destul de clară când am discutat ultima dată, îi zise ea privindu-l serioasă.

— Nu înţeleg de ce ai vrut să te desparţi de mine atât de brusc. Ce-am greşit? o întrebă el, iar ea putea să-i susţină privirea rănită, nici vocea tristă.

— Oamenii se mai şi despart, Alexander,

trebuie să accepţi asta, îi zise Cassandra, cuprinsă de o durere ciudată. Nu înţeleg de ce a trebuit să vii până aici. M-ai urmărit? Oare de câte alte lucruri mai eşti în stare?

Se afla faţă în faţă cu cel care nu avea gânduri deloc paşnice în ceea ce o privea şi nu se putea lăsa din nou ademenită de vorbele lui, acum, că ştia adevărul.

— Problema este că eu nu am înţeles prea bine alegerea ta şi am impresia că nu-mi spui totul. Şi, ca să fiu şi mai bine înţeles, despre asta e vorba, prostia asta te ţine departe de mine? îi zise el scoţând o hârtie din buzunar şi punând-o pe masă.

Cassandra îngheţă, deşi în încăpere era cald. Pe masă se afla scrisoarea aceea anonimă, pe care chiar atunci îşi amintise că o uitase pe birou.

— De unde-o ai? îl întrebă ea, respirând cu greutate.

— Am găsit-o la tine pe birou când am venit să te caut, să mai vorbim, dar tu erai deja plecată. Imaginează-ţi ce surpriză am avut atât eu, cât şi Joy, care ştia că eşti cu mine la cabană. Nici ei nu i-ai spus despre noi, despre despărţirea noastră... îi zise el, accentuând fiecare cuvânt.

Cassandra se făcu tot mai mică în scaun. Tocmai el se găsea să-i facă reproşuri, el, care avea de gând s-o ucidă chiar după nuntă şi să-i ia averea familiei? Cât de ticălos putea să fie?

— Nu am nimic de spus, însă mi se pare că aia, zise ea arătând spre scrisoare, lămureşte totul.

— Asta crezi tu şi, în loc să vorbeşti cu mine despre asta, ai preferat să fugi şi să te ascunzi aici, îi spuse el, cu o privire de gheaţă.

— Nu e nimic de vorbit. Nu vreau să mă mai păcăleşti cu vorbele tale şi în niciun caz nu vreau să ajung ca ea, îi zise Cassandra, referindu-se la actriţa aceea. Nu vreau să mă îndrăgostesc de tine, iar apoi să mă ucizi şi să iei ceea ce aparţine familiei mele, mai spuse ea, abia reţinându-şi lacrimile. Nu ştiu cum ai îndrăzneala să apari aici, ştiind că ţi-am descoperit planul odios, adăugă ridicându-se în picioare, simţind că îi e teamă de el.

— Fiindcă sunt nevinovat, domnişoară avocat, o lămuri el, ironic. Nici măcar nu ai luat în calcul prezumţia de nevinovăţie în ceea ce mă priveşte. Te-ai grăbit să tragi concluzii de una singură şi să mă judeci în funcţie de o scrisoare anonimă. Anonimă, Cassandra. Asta înseam-

nă că oricine putea să înşire nişte vorbe oribile despre mine, că tu le-ai fi crezut. Atât de puţină încredere îţi inspir? Credeam că am ajuns la un alt nivel în ceea ce ne priveşte. Şi, fiindcă tu nu ai nimic de spus, dar mă acuzi de nişte lucruri îngrozitoare, pe care nu ţi le-aş face niciodată, mă vei asculta, iar la sfârşit sunt curios dacă vei mai avea aceeaşi atitudine faţă de mine. Nu am făcut atâta drum degeaba, Cassandra, şi merit să mă asculţi, îi spuse Alexander, stând în continuare pe scaun, deşi îi venea s-o ia în braţe şi să...

Dar îşi trecu mâna prin păr, alungând iute acelea gândurile. Nu era momentul pentru astfel de lucruri.

— În primul rând, continuă el, ştiu că mi s-a dus vestea de mare cuceritor, dar asta e din cauza presei. Mai mult, ea a speculat tot ce se putea în privinţa Liderului şi, după cum ştii şi tu prea bine, nu tot ceea ce scrie în ziare este adevărat. Bineînţeles că au fost femei în viaţa mea, dar niciodată, ascultă-mă bine, niciodată nu le-am determinat să recurgă la astfel de gesturi. Cât despre actriţa aceea, trebuie să ştii că noi doi nu am fost decât prieteni, deşi ea şi-ar fi dorit mai mult. În noaptea în care s-a sinucis,

193

m-a sunat şi m-a chemat la ea, spunându-mi că voi regreta dacă nu-i acord măcar o noapte din timpul meu. Eu am refuzat-o, iar ea, făcând ceea ce a făcut, s-a răzbunat pe mine, scriind biletul în care mă acuza că eu aş fi făcut-o să recurgă la gestul acela. Nu i-am dat speranțe niciodată. Încă un lucru: citeşte asta şi vei vedea cine a scris de fapt, anonima, şi cine vrea, de fapt, să ne țină departe unul de celălalt, îi ceru el, fixând-o cu o privire scânteietoare şi întinzându-i o hârtie oficială.

— Nu se poate, aici scrie că s-au descoperit amprentele lui Charles Daniels pe această scrisoare, spuse Cassandra, acoperindu-şi buzele cu o mână din cauza uimirii. El a scris-o... înțelese ea, simțindu-se mai trădată şi mai tristă ca niciodată. În mod cert, tatăl ei era cel mai rău părinte din câți existau.

— Sunt suficiente dovezile astea pentru tine? o întrebă Alexander, urmărindu-i reacțiile şi venind, în sfârşit, lângă ea. Nu mai rezista, voia s-o simtă lângă el din nou. Cât despre tine, adăugă, luând-o în braţe, pot spune că eşti femeia cea mai importantă pentru mine, prințeso. Se bucură că ea nu-şi retrase mâna. M-ai făcut să-mi schimb viaţa şi să renunț la planul

de răzbunare în ceea ce te priveşte, adică să nu te ucid, ci să te vreau pentru mine, doar pentru mine. Poate n-ai să crezi, dar, deşi te-am răpit, am ajuns să fiu eu victima ta, fiindcă tu mi-ai răpit inima, iubito. Te iubesc, Cassandra. Te iubesc aşa cum nu-mi închipuiam vreodată că o voi face, şi în mod sigur nu pe tine. Am nevoie de tine şi nu sunt dispus să te pierd. Nu vreau să-mi trăiesc viaţa fără tine lângă mine, iubito, îşi încheie el discursul, privind-o şi analizându-i fiecare reacţie.

— Alexander... eşti sigur de ceea ce spui? Toate astea sunt prea multe pentru mine şi nu ştiu dacă sunt pregătită. Trebuie să-mi cer scuze, din nou, te-am judecat greşit. Îmi pare rău, îi zise Cassandra, mângâindu-i obrazul. Nu pot să cred că Charles a fost în stare să facă şi asta.

— Vreau să încheiem subiectul ăsta, e prea dureros pentru tine şi nu merită. Cât despre noi, te voi ajuta eu să fii pregătită, iubito, doar lasă-te iubită. Vreau să-mi spui doar atât: ţi-a fost dor de mine? Fiindcă ştiu că mie mi-a fost, mărturisi el, mângâindu-i buzele şi privind-o cu dragoste.

— De fapt... mi-a fost foarte dor de tine, Alexander, îi zise ea, privindu-l cu drag.

O îmbrăţişă de parcă n-ar mai fi vrut să-i

dea drumul niciodată şi o sărută cu o pasiune mistuitoare.

— Când ai să-mi spui?

— Ce să-ţi spun? îl întrebă ea, prefăcându-se că nu-l înţelege, însă inima îi bătea repede, mult prea repede.

— Că mă iubeşti, o lămuri Alexander, zâmbindu-i provocator şi lipind-o din nou de el.

— Eu... se pare că nu mai am nicio scăpare.

El îi făcu semn din cap că nu.

— Te iubesc, Alexander. Te iubesc aşa cum nu mi-am închipuit că voi iubi pe cineva şi mai ales pe tine, exact aşa cum ai spus, rosti Cassandra, privindu-l timidă.

— Vreau să ştii că sunt foarte serios în ceea ce te priveşte. Şi mai vreau să-ţi mărturisesc că eşti prima femeia căreia îi spun asta. Şi, desigur, vreau să fii şi singura... Cassandra, iubita mea, prinţesa mea, vrei să fii cu mine pentru totdeauna, vrei să fii soţia mea? o întrebă el, lăsându-se în genunchi şi privind-o cu emoţie.

— Alexander, ce faci, nu e prea devreme pentru toate astea? îi zise ea, impresionată de gest.

Bărbatul ăsta nu înceta s-o uimească. Simţea că inima îi bate tot mai repede şi că se umple

de o fericire stranie, necunoscută până la el.

— Nu, nu e prea devreme. Spune-mi da, altfel te voi face eu să spui da, o rugă zâmbind, aşteptând răspunsul ei.

— Da, de o mie de ori da, Alexander! Te iubesc, mă bucur că te am şi că mă vrei atât de mult, încât să fiu soţia ta, îi zise Cassandra, nemairezistându-i.

Simţind că explodează de fericire atunci când el scoase o cutiuţă din buzunar şi îi puse inelul pe deget. Privi obiectul cu încântare, ca o adevărată îndrăgostită, aşa cum era, de fapt. În sfârşit, înţelese că întâlnise bărbatul potrivit, iar el era cel care o lua în acele momente în braţe şi o săruta fără oprire.

O luă în braţe şi o duse spre pat. În acel moment, Cassandra ştia că el nu avea să se oprească.

— Voi face dragoste cu tine, iubito. Spune-mi că eşti de acord, îi zise el în timp ce îi devora buzele cu pricepere şi îi scotea halatul, lăsând-o în lenjerie albă.

Drept răspuns, fiindcă nu era în stare să vorbească, îl sărută, simţind nerăbdarea şi pasiunea celui care îi transmitea aceleaşi lucruri. Pentru prima dată, nu mai voia să se teamă, voia

doar să guste din dragostea lor. Se bucură că el nu aprinde veioza, lăsându-i astfel un dram de intimitate. Îl ajută, cu mișcări timide, dar dornice, să-și scoată cămașa. Amândoi se priveau cu dragoste și înflăcărare.

— Dacă ai ști de câte ori mi-am dorit să te am așa, lângă mine, și am visat la clipa asta, iubito, îi spuse Alexander, sărutând-o pe gât, făcând-o să se înfioare de plăcere și să geamă ușor.

Coborî apoi cu sărutările spre sânii ei, alintându-i cu buzele și mângâindu-i, după care, căutând din nou aprobarea în privirea ei, îi desfăcuse încuietoarea sutienului și i-l scoase, privind-o cu admirație, zâmbind, căci ea închise ochii și-și acoperi sânii. El îi dădu mâinile ușor la o parte, sărutând-o și mângâindu-i.

— Ești frumoasă, iubito, nu te mai ascunde, ești perfectă, îi spuse Alexander, după care se îndepărtă puțin de ea, pentru a se dezbrăca de celelalte haine.

Cassandra închise ochii din nou, dar îl simți atunci când veni deasupra ei și reîncepu s-o sărute flămând. Era cu totul gol, iar asta o intimida și o încânta în același timp. Îi plăcea să știe că are puterea de a-l stârni, de a-l face s-o

dorească. Îi mângâia spatele, lăsându-se în voia sărutărilor lui ademenitoare de care, pur şi simplu, nu se mai sătura.

Cassandra îi simţea mâinile, mângâierile şi sărutările pe tot corpul, corp care era făcut parcă pentru el. Alexander îi îndepărtă şi ultima piesă de lenjerie, apoi o răsfaţă cu atingerile lui magice.

La un moment dat, îl auzi spunându-i:

— Prinţesa mea, va fi bine, ai încredere în mine, nu-i aşa?

Cassandra făcu semn din cap că da, iar el începu s-o sărute, încercând să-i distragă atenţia de la ceea ce urma.

Ea se simţea fericită şi norocoasă, fiindcă Alexander era atât de grijuliu şi blând cu ea şi îi acoperi gura cu sărutările lui dulci atunci când deveniră o singură fiinţă şi urmară împreună ritmul dragostei, atât de vechi, totuşi atât de actual.

El, cu alintările şi dragostea lui, o făcu să nu-i mai fie teamă, ci să-şi dorească să dăruiască şi să iubească cu totul, cu toată fiinţa ei, şi astfel să-şi găsească împlinirea împreună, atingând astfel o senzaţie intensă, sublimă, de nedescris. El o purtă spre o lume în care nu existau

decât ei doi şi dragostea lor, iar în clipa aceea unică, doar a lor, îşi strigară numele unul altuia cu toată dragostea.

— Te iubesc, Cassandra, îi spuse el, privind-o întruna şi trăind extazul împreună cu ea.

— Şi eu te iubesc, Alexander, îi răspunse Cassandra, savurând senzaţiile acelea atât de noi şi de plăcute pentru ea.

După câteva minute, în care stătură îmbrăţişaţi, el o întrebă preocupat:

— Eşti bine, prinţesa mea? Am încercat să fiu cât mai atent...

— Sunt bine, sunt foarte bine şi asta doar datorită ţie, frumosul meu, îi spuse ea, înroşindu-se şi zâmbind, înduioşată de grija lui.

— Va fi tot mai bine de acum înainte, îţi promit, iubito, o asigură el, sărutându-i buzele.

— Am încredere că aşa va fi, Alexander.

Cassandra îl sărută, la rândul ei.

— Te iubesc, prinţesa mea.

— Şi eu te iubesc. Acum şi pentru totdeauna, dragul meu răpitor. Nu ştiu cum ai reuşit, dar mi-ai răpit şi inima, îi mărturisi ea, cuibărindu-se mai bine la pieptul lui, în braţele lui protectoare, locul în care se simţea cel mai bine.

— Şi tu mi-ai răpit inima, încă dinainte de a înţelege eu însumi acest lucru, prinţesa mea...

O sărută din nou şi o chemă în lumea lui magică, spre care ea porni cu toată inima.

— Sfârşit —

Mulţumiri

De fiecare dată, mulţumirile mele se îndreaptă spre editorul Bogdan Pîrjol, dar şi către echipa lui de profesionişti dedicaţi pasiunii lor, pasiune comună cu ajutorul căreia se conturează romanele de dragoste pe care le scriu. Vă mulţumesc din suflet!

Îţi mulţumesc foarte mult şi ţie, Alexandra Frîncu, pentru cuvintele minunate pe care le aşterni pe hârtie, dar mai ales în sufletul meu, referitoare la cărţile scrise de mine.

Dragul meu Silviu, ştii deja cât de mult însemni pentru mine... eşti răpitorul inimii mele, pentru totdeauna... îţi mulţumesc pentru dragostea ta şi nu pot decât să îţi răspund în acelaşi mod: iubindu-te...

Mulțumiri

Mulțumesc familiei, dar și prietenelor mele pentru susținerea necondiționată.

Mă bucur fiindcă îmi sunteți alături. Sunt norocoasă fiindcă sunt înconjurată de astfel de oameni...

Frumoșii mei cititori, vreau să vă asigur încă o dată de toată recunoștința și de prețuirea mea. Sunteți tot ce își poate dori o autoare, iar pentru acest lucru vă mărturisesc faptul că aveți un loc special în inima mea

Cu pasiune,

Lorena Lenn

Condamnată la iubire/ *Lorena Lenn*
Timișoara: Stylished 2018
ISBN: 978-606-94577-9-5

Editura STYLISHED
Timișoara, Județul Timiș
Calea Martirilor 1989, nr. 51/27
Tel.: (+40)727.07.49.48
www.stylishedbooks.ro

Corectură, redactare și restilizare: Oana Călin

Ilustrații: Claudia Feti

www.ingramcontent.com/pod-product-compliance
Lightning Source LLC
Chambersburg PA
CBHW031953010726
47493CB00007B/2187